KB114744

王侯將相

왕후장상

전혁 新무협 판타지 소설

FANTASTIC ORIENTAL HEROES

왕후장상 5

전혁 新무협 판타지 소설

초판 1쇄 찍은 날 § 2015년 1월 12일
초판 1쇄 펴낸 날 § 2015년 1월 19일

지은이 § 전혁
펴낸이 § 서경석

편집부장 § 권태완
편집책임 § 박가연
디자인 § 신현아

펴낸곳 § 도서출판 청어람
등록번호 § 제387-1999-000006호
등록일자 § 1999. 5. 31
어람번호 § 제2-2562호

주소 § 경기도 부천시 원미구 부일로 483번길 40 서경B/D 3F (우) 420-822
전화 § 032-656-4452 팩스 § 032-656-4453
http://www.chungeoram.com
E-mail § chungeorambook@daum.net

ISBN 979-11-04-90057-0 04810
ISBN 979-11-316-9213-4 (세트)

王侯將相

5

전혁 新무협 판타지 소설

FANTASTIC ORIENTAL HEROES

왕후장상

도서출판 청어람

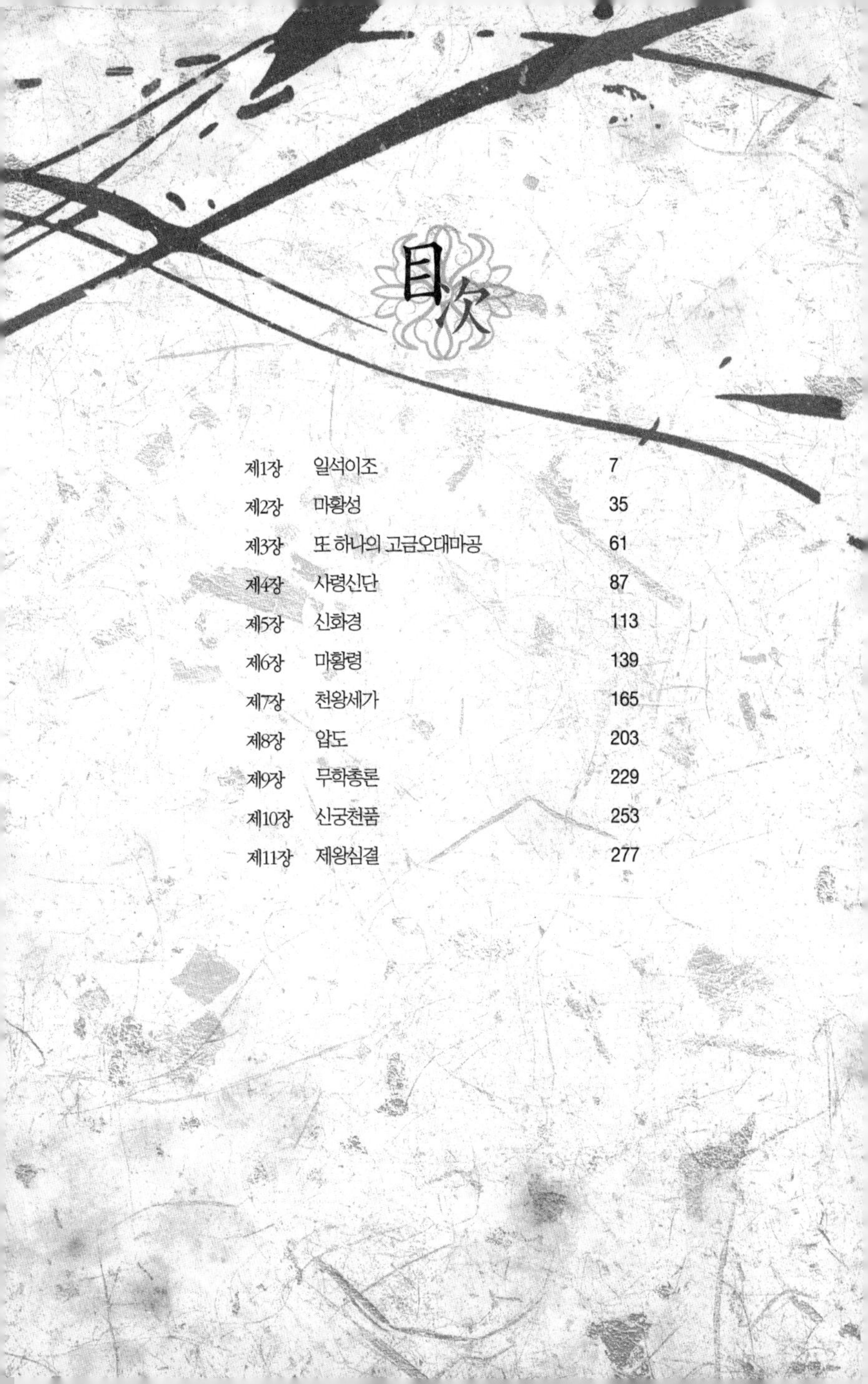

目次

第一章
일석이조

一

기무결은 천무서원에 들어가기로 결심한 이상 자신의 눈과 귀가 되어줄 사람이 필요했다. 그런 의미에서 뇌강은 최적의 적임자였다.

"어르신이 저를 좀 도와주셔야겠습니다."

"갑자기 그게 무슨 소리냐?"

"분명 누군가 제 뒷조사를 하고 있을 겁니다. 제가 단순한 하인이 아니라는 것을 알고서도 무림맹에서 그냥 넘어갈 리 없지 않겠습니까? 어르신께서 그자가 누구인지 알아봐 주십시오."

기무결은 천무서원이란 족쇄가 채워져 움직일 수가 없었

다. 조금이라도 이상한 행동을 하면 당장 정천구룡의 눈에 걸릴 터였다.

"싫다. 다른 데 가서 알아보거라."

뇌강은 더 이상 들을 것도 없다는 표정으로 일언지하에 거절했다. 한마디로 자신보고 정천구룡을 배신하라는 소리인데 미치지 않고서야 그걸 할 리가 없었다.

"이게 어디 저 혼자 좋다고 이러는 겁니까? 소생의 정체가 발각되면 보물도 영영 찾을 수 없을지 모릅니다."

"에라, 이놈아! 또 그놈의 보물 타령이냐? 그 거짓말에 한 번 속았으면 됐지, 두 번은 안 속는다."

뇌강의 입에서 절로 쌍욕이 흘러나왔다.

그동안 기무결에게 속고 이용당한 것을 생각하면 자다가도 벌떡 일어설 정도였다.

기무결이 그려준 엉터리 지도 때문에 미친놈처럼 형산을 온통 헤집고 다녔었다.

고생도 그런 개고생이 없었다.

그가 가장 먼저 판 곳은 주변이 온통 바위로 되어 있었다. 뇌강은 지형을 보는 순간 앞이 캄캄했지만, 그래도 보물을 찾겠다는 일념 하나로 바위를 파 내려갔다.

공력이 극강에 오른 뇌강도 바위를 파 내려가는 건 결코 쉽지 않은 일이었다.

무려 이십 일 넘게 미친 듯이 파서 삼사 장 아래까지 내려

갔지만, 끝내 보물은 찾을 수 없었다.

그다음 장소는 수십 장 이상 깎아지른 듯 솟아오른 절봉 위였다. 여긴 경공으로 오르지 못해 결국 맨손 등반으로 올라야 했다.

상식적으로 그 많은 보물을 들고 여길 오를 수 있는 건지 의심이 들었지만, 일단 기무결이 준 지도에 그려진 지형이 이곳이니 안 올라갈 수도 없었다.

그렇게 며칠 고생해서 올라갔고, 다시 며칠 동안 땅을 팠지만, 역시나 보물 따위는 없었다.

그제야 그는 자신이 기무결의 잔꾀에 속았을지도 모른다는 생각에 정신이 번쩍 들었다.

아니, 분명 이놈이 엉터리로 그려준 것이 틀림없었다.

그렇지 않고서야 하나같이 장소가 이상한 곳일 리 없었다.

가뜩이나 기무결의 잔꾀에 속아 사선을 넘어왔던 뇌강이 아니던가?

풍운산장의 정예 고수들을 유인한 것은 지금 생각해도 아찔했다.

그때는 운이 좋아 무림맹으로 돌아오긴 했지만, 완전히 탈진해서 내력을 회복하기까지 한 달 가까운 시간이 걸려야만 했었다.

"네놈을 도와줘? 퉤! 맹주에게 밀고하지 않고 가만히 있는 것을 고맙게 여겨라."

이젠 보물이고 나발이고 다 필요 없었다.

생각 같아서는 당장 밀고하고 싶은 생각이 간절했다.

하지만 기무결이 물귀신처럼 자신을 물고 늘어질까 두려워 간신히 참고 있었다.

"그럼, 이대로 보물을 포기하실 겁니까? 오천만 냥이 이곳 어딘가에 묻혀 있는데도 말입니다."

"어이구, 보물을 찾고 싶다는 놈이 밖에만 나갔다가 돌아오면 사방 천지에 이름을 날리고 돌아오느냐?"

이건 뭐, 세상에 이름을 알리지 못해 환장한 놈이었다. 오죽하면 정말 보물을 찾으려고 신분까지 속이고 무림맹에 잠입한 놈이 맞긴 한 건지 의문이 들 정도였다.

기무결은 살며시 눈살을 찌푸렸다.

그는 처음부터 뇌강이 순순히 도와준다는 생각은 하지 않았다.

그래도 생각보다 더 뇌강의 반응이 완강했다.

여간해서는 절대 마음을 돌릴 것 같지 않았다.

하지만 기무결은 걱정하지 않았다.

그에게는 비장의 무기가 있었다.

기무결이 품속에 손을 넣고 금광에서 가져온 황금을 꺼냈다.

"이게 무엇인지 아시겠습니까?"

"그게 무엇이냐?"

뇌강이 시큰둥한 표정으로 말했다.

언뜻 황금 같아 보였지만, 그러기에는 주먹만 한 크기에 의심이 들었다. 저 정도 크기면 못해도 수천 냥은 나갈 것이기 때문이었다.

"돌멩이에 금을 칠했군."

일명 도금이었다.

당시에는 이런 식으로 사기를 치는 경우가 종종 있었다.

"후훗! 과연 그런지 한번 확인해 보시죠."

기무결이 뇌강에게 황금을 던져 주었다.

"억!"

뇌강은 일단 무게에 놀랐다.

같은 크기라도 돌이나 철보다 금이 더 무겁다.

무게만 보면 분명 황금이란 뜻이었다.

그래도 뇌강은 여전히 의심을 풀지 않고 황금을 이리저리 확인하다 결국 살짝 깨물었다. 한데 돌멩이에 금을 입힌 것이라면 이빨 자국이 남아야 하는데, 전혀 그런 흔적이 없었다.

"이, 이건 정말 황금이잖아?"

뇌강이 놀란 표정으로 기무결을 쳐다보았다.

"혹시 보물을 찾아냈느냐?"

"그건 아직 찾지 못했습니다. 대신 금광을 발견했지요."

기무결은 금광을 발견한 과정을 비교적 자세하게 설명해 주었다.

뇌강은 관심 없는 척하면서도 한쪽으로 귀를 쫑긋하고 기무결의 말에 열중했다.

"그러니까 네놈 말은 지금 구룡회가 금광을 찾으려고 그 지랄을 떨었단 말이냐?"

"금광 주변에 있는 땅을 모조리 사들여야 나중에라도 뒤탈이 없을 거 아닙니까?"

"듣고 보니 일리 있는 말이군. 그럼, 주변 땅문서는 물론이고 금광의 매매계약서도 네놈이 가지고 있겠구나!"

"아쉽게도 금광의 매매계약서만 가지고 있습니다."

기무결은 구룡회를 때려잡기 위해 주변 땅문서를 전당포와 사채업자들에게 팔게 된 배경을 설명해 주었다.

아무것도 아닌 것처럼 들리지만, 뇌강은 왠지 가슴이 서늘하게 내려앉았다.

구룡회라고 하면 한때는 사천성의 무림을 넘볼 정도로 강한 세력을 자랑하던 자들이 아니던가?

그런 그들을 땅문서 하나로 졸지에 잡범으로 만들어 버릴 줄이야.

무림의 고수라면 혀를 깨물고 죽고 싶을 정도로 치욕스러운 일이었다.

'이놈이 생각보다 더 무서운 놈이로군.'

뇌강이 입맛을 다셨다.

지금까지 속은 걸 생각하면 두 번 다시 기무결과 엮이는 일

따위는 하지 않아야 하는데 황금이 계속 그의 눈앞에 아른거리고 있었다.

二

"무슨 꿍꿍이냐?"

"뭐가 말입니까?"

"무슨 의도로 묻지도 않은 금광을 노부에게 알려주느냔 말이다."

"허어, 섭섭하게 꿍꿍이라니요. 소생은 그저 어르신과 동업을 하고 싶어 사업 제안을 드리는 것입니다."

"사업 제안?"

"며칠 동안 금광에서 혼자 채굴을 해서 얻은 양이 겨우 이 정도라면 믿겠습니까? 이건 혼자서는 도저히 할 수가 없더군요."

"그래?"

뇌강은 여전히 미심쩍은 표정을 지었지만, 두 눈에는 약간 흥미가 동하는 눈치였다. 방금까지만 해도 그토록 완강하던 표정을 생각하면 놀라울 정도의 변화라 할 수 있었다.

"그러니까 지금 네놈의 말은 우리 둘이서 금광을 캐자는 말이냐?"

"바로 그겁니다. 저 혼자보다는 그래도 두 명이 빠르지 않겠습니까? 그리고 무림맹 어딘가에 묻혀 있는 오천만 냥도 있습니다. 금광과 보물 두 개를 더하면 일억만 냥도 넘을 겁니다."

"으음."

일억만 냥이란다.

이건 확실히 거부하기 어려운 유혹이었다.

"하지만 네놈을 어떻게 믿고?"

"그래서 동업을 제안하는 거 아닙니까? 어르신이 소생을 좀 도와주시면 소생이 금광으로 안내하겠습니다. 아니, 그게 정 의심이 나면 이곳의 보물은 소생이 찾을 테니 금광은 어르신이 맡아서 채굴하셔도 상관없습니다."

"그, 그게 정말이냐?"

"물론입니다. 그래도 마음이 놓이지 않는다면 언제든지 맹주에게 소생을 밀고하십시오. 아니, 감찰총국에 알리는 방법도 있군요. 뭐, 두 곳에 다 밀고를 하시든가요."

기무결이 이렇게까지 세게 나오니까 뇌강도 더 이상 의심하기 어려웠다.

금광을 단독으로 채굴하는 것이라니.

그렇다면 무조건 받아들이고 볼 일이었다.

"좋다. 네놈의 제안을 수락하도록 하지. 대신 금광과 보물을 찾으면 정확히 절반으로 나누는 것이다."

"그야 여부가 있겠습니까? 그래도 오천만 냥이니 우린 천하제일의 부자가 될 것입니다."

"천하제일부자라……."

듣기만 해도 기분이 좋아지는 말이었다.

뇌강은 이미 기무결에게 몇 번이나 당한 적이 있었다. 그는 말만으로는 믿기 어렵다며 각자 각서를 남겨 증거로 삼자고 제안했다.

기무결은 바로 고개를 끄덕이며 찬성했다.

"각서를 남겨서 어르신의 마음이 편해진다면 열 장이라도 써드리지요. 어떤 식으로 쓰면 되겠습니까?"

그때까지도 뇌강은 약간의 의심이 남아 있었다.

하지만 각서를 남겨 증거로 삼는 이상 모든 의혹을 떨칠 수 있었다.

"노부가 부르는 대로 받아 적어라. 금광은 노부가 맡고 보물은 네놈이 찾는다. 맡은 바 일을 하지 않거나 차일피일 미루는 경우에는 흉심을 품은 것으로 간주하고 모든 권리를 상대에게 넘겨준다."

기무결은 종이에 받아 적다 말고 문득 고개를 들었다.

"이건 조금 약하군요. 모든 권리를 상대에게 넘겨주는 것이 아니라 상대의 노예가 되는 건 어떻겠습니까? 그래야 허튼 수작을 부리지 못할 게 아닙니까?"

이거야말로 뇌강이 하고 싶던 말이었다.

'흐흐, 이놈이 급하긴 어지간히 급했던 모양이군.'

하긴, 무림맹이 추적하고 있으니 급할 수밖에.

아무리 그래도 기무결이 불리한 조항을 먼저 말할 줄은 생각도 못한 일이었다.

"흐흐, 네놈이 먼저 한 말이니 나중에라도 후회하지 말거라."

"어르신이나 금광만 챙기고 제 부탁을 소홀히 여기지 마십시오. 그럼 어르신은 소생의 노예가 되는 겁니다."

"그야 여부가 있겠느냐?"

그들은 각서 두 장을 만들어 각자 한 장씩 보관했다.

뇌강은 그렇게 하고 나서야 만족한 듯 떠나갔다.

기무결은 그런 뇌강의 뒷모습을 보며 회심의 미소를 지었다.

역시 단순하기 짝이 없었다. 저러니 매번 속고도 또 이용을 당하지.

"아함!"

기무결이 길게 기지개를 켰다.

그는 십 년 묵은 체증을 해결한 듯 개운한 표정을 지었다. 제갈무외의 견제도 피하고 골칫거리였던 금광 채굴도 해결하고. 그야말로 일석이조의 계책이었다.

그랬다.

천하의 모든 금광은 황실의 소유였다.

금광을 사사로이 소유하다 적발이 되면 대역죄로 분류가

되어 구족이 멸문을 당할 수도 있었다.

이를 뇌강이 모를 리 없을 터.

금광에 눈이 멀어 그 같은 생각은 까맣게 잊고 있었던 것이 틀림없었다.

더구나 혼자서 금을 채굴하는 건 여간 어려운 것이 아니었다. 어지간한 인내심이 없이는 며칠도 버티기 힘들었다. 그걸 뇌강이 대신 해주겠다니 이보다 더 고마울 수가 없었다.

三

"정말 그 하인 녀석이 신입생으로 들어오는 거 맞나?"

"그렇다네. 맹주께서 공문을 보내온 걸 두 눈으로 똑똑히 확인했다니까."

"허! 이건 말도 안 돼! 우리가 하인 녀석과 같이 수업을 들어야 한다는 소리 아닌가?"

"내 말이. 천무서원의 품격이 있는데 천한 하인과 같은 원생 신분이라니. 누가 알기라도 할까 겁이 나네."

"이거 수업 거부라도 해야 하는 거 아닌가?"

"그러지 말고 그냥 투명인간 취급하세. 그러다 보면 제풀에 꺾여 나가떨어지겠지."

"수업 거부도 하고 투명인간 취급도 하면 되지 않나? 혹시라도 기무결에게 말을 걸거나 같은 자리에 앉아서 밥 먹을 생각은 꿈에도 하지 말게."

천무서원은 하루 종일 술렁거렸다.

자존심과 품격을 따지는 사람이라면 치욕이라도 당한 것처럼 분한 마음까지 들 정도였다.

천무서원은 귀족 학교를 넘어 왕족 학교로 천하에 명성을 떨치고 있었다.

하인 출신이 천무서원에 들어온 것은 전례가 없는 일이었다.

기무결이 구룡겁화를 해결했든 무림을 구했든 그건 중요한 것이 아니었다. 기무결의 출신이 하인이라는 것이 문제였다.

하인들이 돌아다니면 서원의 품격이 떨어진다고 원생들이 등교하기 전에 청소를 끝내는 것이 관례일 정도였다. 하물며 하인 출신이 원생으로 들어왔으니 충격도 이런 충격이 없었다.

어떤 사람은 본때를 보여줘야 한다고 단단히 별렀고, 어떤 사람은 철저히 왕따를 시켜서 제 발로 걸어 나가게 만들어야 한다고 목소리를 높였다.

무엇을 선택하든 결코 버텨내기 어려운 것들이었다.

원래 따돌림이 가혹할 정도로 심한 곳이 천무서원이다. 하물며 지금처럼 모든 원생이 단합해서 따돌리려 한 적은 그 전례가 없던 일이었다. 왕따를 당했던 원생들은 자신의 일도 아닌데도 두려움에 치를 떨 정도였다.

'얼마 버티지 못할 거야.'

'구룡겁화를 해결했다고 여기에서 버티라는 보장도 없잖아.'

그렇게 날은 밝았고, 천무서원의 하루가 시작되었다.

四

기무결은 아침 일찍 처소를 나서 천무서원으로 향했다.

그에게는 화은설의 처소인 봉황소축에서 그리 멀지 않은 곳에 조그만 전각이 하나 주어졌다. 기무결이 아무리 대내외적으로 화씨세가의 후계자로 알려져 있다고는 하지만 엄연히 남녀가 유별한데 같은 공간에서 함께 지내게 할 수 없다는 것이 그 이유였던 것이다.

"끙! 돌겠네. 이 나이에 공부를 해야 하다니."

기무결은 공부라면 질색이었다.

예전에도 그는 문서를 위조하고 잔머리를 굴리는 일이라면 정신이 멀쩡하다가도 책만 읽으려고 하면 잠이 쏟아지곤 했었다.

하지만 아무려면 어떤가?

그는 천무서원에서 일등 할 생각도 없고 출세할 생각은 더더욱 없었다.

성적이 안 좋으면 유급을 당한다는 말을 들은 것 같긴 했지만, 까짓것 유급당하면 그만이었다.

천무서원의 등교 시간은 언제나 분주하다.

하지만 오늘은 특히 더 분주하게 돌아가고 있었다. 온갖 형형색색의 마차가 몰려와 일대 장관을 연출하고 있었다.

걸어서 등교하는 사람은 기무결뿐이었다.

마차가 상대적으로 덜 화려하거나 비싸지 않은 자들은 감히 정문에 마차를 대지 못하고 저 멀리 숨기듯 대고 뒷문으로 들어올 정도였다.

그렇다면 적어도 부끄러운 기색이라도 있어야 하는데 이건 당당해도 너무 당당했다. 그것이 결국 원생들의 심기를 자극하고 말았다.

"에잇, 갑자기 이상한 냄새가 난다 했더니 점점 더 심해지는군. 이러다 토악질이 나오겠어."

"천박하고 불결한 냄새 말인가?"

"자네도 느껴지는 모양이군."

"원래 이런 냄새가 시궁창 냄새보다 더 심한 법 아닌가?"

"제길, 우릴 전부 질식시켜 죽이려는 것도 아니고. 이제 매일 이런 악취를 맡으며 등교를 해야 한다고 생각하니 눈앞이 캄캄해지는군그래."

그들은 악질 사인방으로 불리고 있었다. 약한 자들을 괴롭히는 것으로 유명한 자들이었고, 천무서원에서 가장 질이 안 좋아 누구도 상종하길 꺼려했다.

그리고 기무결을 왕따시켜야 한다며 앞장서서 주도했던 자들이기도 했다.

기무결도 본 적이 있었다.

마차가 조금 작다는 이유로 같은 원생을 무시하고 망신 주던 모습을.

그래서였다.

기무결은 어느 정도 예상하고 있던 일이었다.

천무서원 내에 서열이 있다는 말은 이미 알고 있었다. 서열의 정점은 돈과 무공이었다. 한 번 찍히면 졸업을 하기 전까지는 벗어나기 어려웠다. 때문에 괴롭힘을 견디지 못하고 자살하는 원생도 더러 있다는 말도 들어서 알고 있었다. 그리고 괴롭힘의 대상이 된 자는 대부분 어려운 형편에 억지로 천무서원에 들어온 자들이라는 것도.

하지만 기무결은 순순히 당해줄 생각이 없었다.

그는 자신을 놀리는 것인 줄 뻔히 알면서도 모른 척 주변을 두리번거렸다.

"이상하군. 나는 전혀 냄새가 안 나는데 자네들은 어디서 악취가 난다고 그러는 것인가?"

그들의 얼굴에 비웃음이 떠올랐다.

소문에 따르면 무림을 구했다느니, 여러 가지 사건을 해결했다는 말이 자자하더니 이건 덜떨어진 바보 멍청이가 아닌가?

그들은 이제 대놓고 기무결을 무시했다.

"우리가 네놈의 친구냐?"

"앞으로 존칭을 사용해라. 감히 건방지게 어디서 편하게 말을 놓느냐?"

"역시 하인 출신이라 그런지 보고 배운 것이 없군."

이러면 열이면 열 모두 두려움에 덜덜 떨게 마련이다. 천무서원에서 왕따가 시작됐다는 걸 본격적으로 알리는 전주곡이기 때문이다.

하지만 이게 웬걸?

기무결이 아랑곳하지 않고 씩 웃으며 그들에게 다가갔다.

그리고는 귓속말로 조용히 속삭였다.

"자네들 죽고 싶은가?"

"뭐, 뭐라고?"

"등교 첫날부터 사고 치고 싶진 않았지만, 자네들이 사람 뚜껑 열리게 만드는군."

"아, 아니, 이놈이?"

"둘 중 하나만 고르게. 대가리를 부숴줄까, 아님 목을 비틀어줄까?"

귓속말이 천둥소리보다 더 크게 들렸다.

그들은 하얗게 질린 얼굴로 자신도 모르게 뒤로 몇 걸음 물러서고 말았다.

전혀 생각지도 못했던 말이었다.

이건 전혀 그들의 예상에 없던 일이었다.

하지만 그것도 잠시.

그들은 이내 자신들이 실수한 것을 깨닫고 얼굴이 벌겋게 달아오른 모습으로 허리춤으로 손을 가져갔다. 이렇게 된 이상 무력을 행사하는 수밖에 없었다.

기무결이 팔짱을 끼고 말했다.

"쯧쯧, 자네들 나를 감당할 수 있겠나?"

"우리가 못할 것 같으냐?"

"신중하게 선택하게. 한 번 검을 뽑으면 자네들을 죽여도 충분한 명분이 생기니 말일세. 나야 뭐, 자네들이 검을 뽑아 주었으면 하고 바라고 있긴 하지만."

흠칫!

그들의 눈동자가 세차게 흔들렸다.

허리춤으로 가져간 팔이 부들부들 떨리고 있었지만, 감히 검을 뽑아 들진 못했다.

사실 기무결의 전신에서 흘러나오는 기운은 장난이 아니었다. 그들은 감히 숨도 제대로 쉬기 어려울 지경이었다. 검을 뽑아 드는 순간 정말 기무결이 손을 쓸 것만 같았다.

"다들 눈깔 밑으로 깔게나. 두 눈을 확 파버리기 전에."

세상에.

이런 식의 말투로 협박을 하는 사람은 처음이었다.

한데 묘하게도 그게 더 무서웠다.

"이런, 쌍! 눈 안 깔아?"

기무결이 이젠 잡아먹을 듯이 으르렁거렸다.

그들은 재빨리 두 눈을 밑으로 깔았다.

이미 한 번 기선이 제압당한 이후인지라 그다음부터는 무엇이든 고분고분했다.

五

구름은 높고 하늘은 맑았다.

딩동댕 하는 종소리와 함께 수업이 끝났다.

기무결은 절레절레 고개를 흔들었다. 수업이 끝나도 끝난 게 아니었다.

천무서원은 공부의 열기도 엄청나지만, 숙제의 양이 가공할 정도로 많았다. 이래서는 하루 종일 숙제만 하다 끝날 판이었다.

하지만 기무결은 자신의 손으로 숙제할 생각이 없었다. 그에게는 악질 사인방이 있었다. 그는 수업이 끝나고 곧바로 악질 사인방을 손가락질로 불렀다. 악질 사인방은 수업이 끝나는 순간 황급히 집으로 돌아가려다 딱 걸리고 말았다.

그들은 고양이 앞에 쥐마냥 잔뜩 주눅이 든 표정으로 다가왔다. 그런 그들 앞에 기무결이 숙제를 내밀었다.

"이거 내일까지 다 해 오게."

"이, 이걸 다?"

"우리 것도 아직 다 못 했는데."

"자네들 죽고 싶은가? 어디 한 군데 부러져 봐야 정신을 차리겠어?"

"끙!"

그들은 이미 기무결에게 몇 번 맞아봐서 안다. 정말 아파도 너무 아팠다.

기무결은 사람들이 보이지 않는데서 폭력을 행사했고, 겉으로 드러나지 않는 곳만 골라서 때렸기 때문에 옷을 벗지 않으면 사람들이 알아볼 수 없었다.

"하, 하겠네."

"숙제만 하면 되는 건가?"

"앞으로는 두 번 말하게 만들지 말게. 그럼 아주 지옥을 경험하게 될 게야."

악질 사인방은 겁에 질린 표정으로 고개를 끄덕였다.

기무결이 책과 짐을 악질 사인방에게 던졌다.

"이 책들은 내 방에 가져다놓게."

"아, 알겠네."

그들은 누가 볼까 싶어 주변을 두리번거렸다.

이렇게 짐을 들어주는 건 기본이었다. 준비물이 있으면 기무결 대신 그들이 준비해야 했고, 심지어는 매일 도시락을 대

령해 바쳐야 했다.

그들은 쪽팔려서 어디 가서 하소연할 수도 없었다.

이건 완전히 왕따와 가해자가 뒤바뀐 것이다.

평생 누군가를 왕따시킬 줄만 알았지, 막상 자신들이 피해자가 되고 보니 생각보다 괴로웠다.

그들은 매일 서원에 가는 것도 두려웠고, 기무결의 얼굴을 보는 것은 더 두려웠지만, 그렇다고 서원에 안 갈 수도 없었다. 하루라도 결석을 하면 곧바로 기무결의 무시무시한 협박과 보복이 가해지기 때문이었다.

하지만 그들을 더 괴롭게 만든 것은 다른 원생들의 따가운 시선이었다.

여기저기서 그들을 욕하는 소리가 들려왔고, 배신자로 생각하는 사람들도 생겨났다. 그럴 수밖에 없었다. 기무결을 왕따시키자고 선동한 사람은 바로 그들이었는데, 정작 그들이 기무결에게 잘 보이기 위해 물심양면 도와주는 것으로 보이니 말이다.

그들은 애초에 상대를 잘못 건드린 것이다. 그들도 그걸 깨달았을 때는 이미 너무 늦은 뒤였다.

기무결은 온실 속의 화초가 아니다.

오히려 그는 뒷골목을 전전하고 온갖 험한 꼴을 겪으며 자라온 잡초 같은 인생이었다. 어려서부터 그는 생존경쟁에 내몰렸었고, 어떻게 하면 살아남을 수 있는지 터득해 나가야만 했다.

요행은 있을 수 없었다. 수많은 생사를 넘나드는 경험을 하며 오로지 맨몸으로 부딪쳐 터득했다.

기무결은 설령 지옥굴에 떨어뜨려 놓는다 해도 살아남을 자신이 있었다.

천무서원에 따돌림이 심하고 텃세가 강하다 해도 예전 뒷골목을 전전하며 지내온 것에 비하면 이건 아무것도 아니었다.

한편, 저 멀리서 그들을 지켜보는 눈이 있었다.

바로 화은설과 양수란이었다.

그녀들은 처음엔 기무결이 제대로 적응하지 못하면 어쩌나 걱정했지만, 그게 쓸데없는 일이라는 것을 깨닫기까지는 그리 오랜 시간이 걸리지 않았다.

"적응이 너무 빠르네요. 누가 보면 천무서원에 몇 년 다닌 줄 알겠어요."

"나도 숙제를 대신 시킬 줄은 몰랐어."

화은설과 양수란은 혀를 내둘렀다.

그녀들은 기무결이 저런 식으로 자신을 괴롭히려던 자들을 못살게 굴 줄은 몰랐다. 도대체 기무결이 어떻게 했는지 악질 사인방이 찍소리도 못하고 있는지 실소마저 나올 지경이었다.

제갈사란은 요즘 기무결에게 접근할 방법을 찾느라 밤에

제대로 잠도 못 자고 있는 실정이었다. 산해관 지부에서 기무결을 하인 취급 하며 무시하다 갑자기 친하게 지낼 생각을 하려니 어지간히 얼굴이 두꺼워도 하기 어려운 일이었다.

제갈무외는 산해관 지부의 일을 핑계로 접근해서 기무결의 정체를 알아내라고 했지만, 그건 이미 실패한 뒤였다.

기무결이 천무서원에 들어온 이후 몇 번 말을 걸어보았지만, 자신에게 그렇게 퉁명스럽게 대답하는 남자는 처음이었던 것이다.

그에 반해 화은설에게는 봄날의 햇살처럼 그렇게 따듯하게 대할 수가 없었다.

그래서 더 화가 치밀고 자존심이 상했다.

왠지 화은설에게 밀렸다는 느낌을 지울 수 없었다.

그녀는 즉시 전략을 바꾸었다. 천무서원 원생들이 기무결을 왕따시키려고 잔뜩 벼르고 있는 것을 잘만 이용하면 기무결의 호감을 대폭 끌어 올리고 가깝게 접근할 수 있을 것 같았다.

하지만 이게 웬걸?

그녀가 도와주기도 전에 기무결 혼자서 모든 걸 해결한 것이다.

'어쩔 수 없지. 일단 시험 기간 동안 기다려 보는 수밖에.'

원생들은 시험공부를 하며 밤을 새우기 일쑤였다. 야식까지 챙겨서 먹으면 없던 정도 생겨나곤 한다. 그때라면 정말 자연스럽게 접근할 수 있을 것 같았다.

유일한 단점은 시간이 조금 걸려야 한다는 것이긴 한데, 군자의 복수는 십 년도 늦지 않다는 말도 있지 않던가? 고작 한 달 정도 기다리는 건 일도 아니었다.

'두고 봐. 반드시 정체가 무엇인지 알아내고 말겠어.'

六

천무서원 원생들에게는 문무서고에 들어갈 수 있는 자격이 주어진다.

문무서고는 각기 학문 서책만 모아놓은 문집서고와 무공비급을 모아놓은 무공서고로 나뉜다. 문집서고에는 없는 책이 없을 정도로 그 양이 심히 방대했다. 서역의 문자로 적혀 있는 불경부터 시작해서 고대 문자들이 적혀 있는 죽간본과 양피지로 만들어진 서책까지. 인세에서는 보기 힘든 책들이 아무렇지 않게 나열되어 있었다.

문집서고는 언제든 출입이 가능했다.

숙제를 하기 위해서는 참고 자료가 필요한데, 기무결도 문집서고에 들어와 숙제를 하곤 했었다.

하지만 무공서고는 출입이 제한되어 있었다.

그도 그럴 것이 무공서고에 있는 비급들은 하나같이 무시무시한 위력을 담고 있어서 하나라도 무림에 유출되는 날엔 무림이 발칵 뒤집어질 것이기 때문이었다.

무공서고에는 단순히 정파의 비급만 있는 것이 아니었다. 무림맹이 무림공적들을 처단하고 그들의 비급을 회수해 이곳 무공서고에 비치해 두었던 것이다. 그것들이 쌓이고 쌓이다 보니 지금은 마공서들만으로도 서고를 새로 만들 수 있을 만큼 그 양이 많았다.

무공서고에 처음 들어온 사람은 원하는 비급을 하나 가져갈 수 있는 특권이 주어진다. 대신 그건 정파의 비급에 한해서였다. 마공서는 열람할 수는 있지만, 절대 익혀서는 안 된다는 단서가 달려 있었다. 만에 하나 유혹을 참지 못하고 은밀하게 마공서를 익혔다가 발각이 되면 단전을 파괴하고 두 발과 두 팔의 힘줄을 끊어 폐인으로 만든 다음 평생 햇빛이 들지 않는 지하 감옥에 가두어놓는다.

이렇게 엄할 수밖에 없는 건 지금까지 몇 번 그런 불행한 사태가 일어났기 때문이었다.

무림맹 측에서는 마공서를 아예 무공서고에서 빼버릴까도 생각했지만, 마도의 무공을 알고 파훼법을 만들어내기 위해서는 마공서의 연구는 필수였다.

기무결도 무공서고에 들어가 어떤 무공을 익힐지 고민했다.

워낙 비급의 양이 많아서 일일이 찾아서 확인하는 데만도 며칠은 걸릴 것 같았다.

그리고 설령 가장 강한 무공을 찾아냈다 해도 과연 천무은 행잠종대법이나 천지기하천하무적공보다 강할지도 의문이었다.

이곳에 있는 비급은 자신 말고도 이미 많은 사람이 찾아보고 확인했던 것들이다. 결국 사람들이 외면하고 남아 있는 것들이 지금 이곳에 있는 비급이었다.

"그렇다면 가장 강한 무공은 없다는 뜻이겠군."

천무서원을 졸업하면 가져갔던 비급은 다시 돌려줘야 한다.

어쨌든 천무서원의 원생이 백 명이 넘으니 백 권 넘는 비급이 빠져나갔다는 소리였다.

기무결은 선택하지 않고 그냥 나갈까 하다가 너무 눈에 띄는 행동을 하는 것도 좋지 않은 거 같아서 아무거나 한 권 집어 들었다.

—무학총론

이건 엄밀하게 말하면 무공비급은 아니었다.

그저 먼 옛날부터 지금까지 무공의 특징을 논하고 서열을 정해놓은 책이었다.

그래서 그런지 무학총론은 어느 비급보다 깨끗하고 손때 묻은 흔적도 거의 없었다.

하긴, 무인이라면 조금이라도 더 강한 무공을 익히려고 하지 무공 서열이나 정해놓은 것을 선택할 리 없었다.

"나중에 시간이 나면 읽어야겠다."

기무결이 밖으로 나가기 전에 무학총론을 선택했다는 절차를 밟았다.

무공서고의 기록을 담당하는 사람들은 황당한 표정을 지었다. 어쩌면 생애 가장 중요한 선택이 될지도 모르는 것을 겨우 무학총론이라니.

그들은 이례적으로 기무결에게 다시 한 번 선택할 기회를 주었지만, 기무결은 어차피 다른 비급을 선택한다고 해도 별로 익힐 마음이 없었다.

"뜻은 고맙지만, 소생은 이것만으로도 충분합니다."

第二章 마황성

一

그 시각 화은설은 기해극과 마주하고 있었다.

두 사람이 함께 자리한 것은 실로 오랜만의 일이었다.

당연히 웃음이 흐르고 서로의 근황이 오고 가야 정상이지만, 기해극의 표정이 너무 무겁게 가라앉아 있었다.

"설아야, 어떻게 안 되겠느냐? 린아가 그런 파렴치한 짓을 했을 리 없다."

"저, 저도 그렇게 믿고 싶지만 이건……."

화은설은 곤혹스러운 표정을 지었다.

기해극에게는 기소린이라는 이름의 아들이 한 명 있었다.

그는 기해극의 피를 고스란히 이어받았다. 평소 성격이 강직하고 정직할 뿐 아니라 여색에 담백해서 가히 청년 영웅이라 불리기에 손색이 없었다.

기소린은 천무서원을 우수한 성적으로 졸업하고 무림맹의 요직에 들어가 각종 임무를 수행하고 있었다.

그의 명석한 두뇌와 뛰어난 무공, 그리고 훌륭한 인품까지.

그는 기해극의 자랑일뿐더러 무림맹의 후기지수 중 서열 십 위 안에 드는 대단한 기재였다.

한데 기소린이 사람이라면 절대 해서는 안 되는 일을 저지른 것이다.

그것도 마황성과 관련된 일이었다.

기해극은 화은설이 유일하게 무림맹에서 믿고 의지할 수 있는 사람이었다. 당연히 기해극의 부탁이라면 어떤 어려움이 있어도 도와줘야 하는 게 맞지만, 이건 애초에 할 수 없는 일이었다.

마황성은 마도 서열 일 위인 방파였고, 무림맹과 비슷한 개념으로 마도인들이 뜻을 모아 만들어진 곳이었다. 설령 무림맹이라 해도 어쩌지 못하는 곳이 마황성인 것이다.

마황성주에게는 세 명의 아들이 있었는데 기소린은 그중 막내며느리와 정을 통하고 있었다.

그것도 대담하게 대낮에 침실에서 두 사람 모두 옷을 벗고 누워 있다 발각되었기 때문에 변명의 여지가 없었다.

마황성주는 대노했다.

자신은 물론이고 마황성을 능멸하는 것이 아니라면 백주 대낮에 침실 안까지 들어와 통정을 할 리 없다고 생각한 것이다.

마황성주는 바로 그 자리에서 기소린과 막내며느리를 죽이지 않았다.

그건 너무 자비를 베푸는 일이었다.

그는 기소린과 막내며느리를 지하 뇌옥에 가둬둔 다음 피의 복수를 선언했다.

앞으로 보름 후에 기씨세가와 천왕세가를 기왓장 하나 남겨두지 않고 쓸어버리겠다고 공언한 것이 바로 그것이었다.

천왕세가는 마도의 백대문파 중 하나로 막내며느리 왕소군의 친정이었다.

마황성주는 무너진 기씨세가와 천왕세가에서 기소린과 왕소군을 처단할 생각이었다.

가히 무섭고도 공포스러운 일이었다.

세상에서 가장 잔혹한 보복인 셈이었다.

하지만 그 누구도 감히 마황성주의 뜻을 거스르지 못했다.

여기서 말 한마디 잘못 꺼냈다가는 마황성주의 분노를 피하기 어려웠던 것이다.

심지어 무림맹조차도 석 달 뒤에 벌어질 군웅대회를 생각하면 마황성의 협조가 절실한 상황. 선뜻 기씨세가를 위해 움직일 만한 명분이 없었다.

그건 천왕세가 역시 마찬가지였다.

그들은 백 년이 넘는 장구한 세월 동안 마도무림을 대표해 온 곳이었지만, 감히 마황성과 맞서기에는 그들의 힘이 너무 크고 강했다.

여기까지가 대내외적으로 알려진 내막이었다.

화은설이 곤란한 표정을 지은 것도 무리가 아니었다.

기소린은 현장에서 발각이 되었고, 죄목이 명백한 상황이어서 그녀가 나선다 해도 별 도움이 될 것 같지 않았다.

하지만 기해극은 이 같은 사실을 쉽게 받아들일 수 없었다. 단순히 자신의 아들이라고 해서 옹호하는 게 아니었다. 지금 보여준 기소린의 행동이 평소와는 정반대의 것이기 때문이었다.

그의 동선도 의문 중 하나였다.

기소린은 누군가와 접촉을 해서 중요한 정보를 얻어 오기 위해 하남성으로 향했다.

한데 마황성이 있는 곳은 하남성과는 수천 리도 넘게 떨어진 섬서성이었다. 평소 책임감이 강한 기소린이 자신의 임무도 망각한 채 섬서성으로 가서 유부녀와 애정 행각을 벌였다는 것이 쉽게 이해가 되지 않는 일이었다.

"나는 왠지 린아가 음모에 빠졌다는 생각을 지울 수가 없구나!"

보름 안에 뭔가 실마리를 찾아야만 했다.

하지만 그러기 위해서는 일단 기소린을 만나야 하는데, 현재로써는 그게 불가능하다는 것이 문제였다.

화은설이 마지막 희망이라 할 수 있었다.

그녀가 망해가던 산해관 지부를 엄청난 흑자로 돌아서게 만든 사건은 이제 더 이상 놀라운 것도 아니었다.

풍전등화에 빠졌던 신창양가장을 구해주었고, 구룡겁화를 해결한 것은 이미 전설로 회자될 정도였다.

무림맹의 도움을 바라기는 불가능한 실정이었고, 그렇다고 개인적으로 도와주겠다고 나서는 사람도 없었다. 제아무리 담대한 심장을 가진 사람이라 해도 마황성과 원한을 맺고 두 다리 쭉 펴고 잘 수 있는 사람은 천하에 단 한 명도 없을 것이었다.

二

"설아야, 어떻게 안 되겠느냐?"

기해극의 표정은 너무도 간절했다.

이런 기해극의 모습은 처음 보는 것 같았다.

"그, 그게……."

화은설이라고 어찌 도와주고 싶은 마음이 없겠는가?

이대로 가면 기씨세가의 운명은 결정된 것이나 마찬가지였다.

'전쟁이 벌어지면 기씨세가는 누구도 살아남기 어려울 거야.'

화은설은 마음이 다급하고 초조해졌다.

그전에 기소린이 무죄라는 것을 입증할 만한 그 어떤 증거를 찾아야 하는데, 문제는 아무리 생각해도 뾰족한 방법이 없다는 것이었다.

마황성의 지하 뇌옥에 갇혀 있는 기소린을 무슨 수로 만나서 이유를 들을 수 있겠는가?

방법이 있다면 잠입하는 것밖에 없는데, 하늘을 나는 새라면 모를까, 인간의 능력으로는 가까이 접근하는 것조차 불가능한 일이었다.

마황성에는 절정의 고수가 구름처럼 많이 모여 있었다. 또한 마황성주는 당대 최고의 고수로 불리고 있었고, 마황성주에게는 일곱 명의 의형제가 있었는데, 그들 역시 인간의 한계를 벗어난 극강의 고수였다.

"아무래도 내가 너에게 너무 무리한 부탁을 한 모양이구나!"

기해극의 얼굴에는 절망의 그림자가 드리웠다.

하긴 자신이 생각해도 너무 심하긴 했다.

아무런 증거나 물적 정황도 없는 상황에서 억울한 누명을 썼다고 생각한다고 혼자 심증만으로 우겨봤자 해결될 일이 아닌 것이다.

'헛헛! 보름 후인가?'

그는 허탈하게 웃었다.

평생을 강직하고 청렴하게 살아왔다고 자부했지만, 지금에 와서 모든 사람에게 외면을 받는 신세로 전락할 줄은 생각도 못한 일이었다.

기씨세가가 풍전등화의 상황에 빠져 있는데도 무림맹은 물론이고 누구 하나 나서서 도와주는 사람이 없었다.

기해극은 문득 자신이 인생을 헛살아왔다는 생각이 들었다.

그는 마음이 한없이 외로워지고 공허해졌다. 그래도 천하가 모두 등을 돌린 상황에서 화은설은 그의 이야기라도 들어주고 같이 고민이라도 하고 있었다.

기해극은 그것만이라도 고맙게 생각하고 있었다.

"설아야, 부디 몸을 보중하도록 하거라."

화은설은 머리카락이 쭈뼛거렸다.

기해극의 말이 왠지 유언처럼 들렸던 것이다.

"아, 아저씨! 어쩌시려구요?"

"더 이상 선택의 여지가 있겠느냐? 우리 기씨세가는 죽음 앞에서도 결코 물러서지 않는다."

기해극은 이미 죽음을 각오하고 있었다.

"자, 잠깐! 잠깐만이요."

화은설이 다급히 기해극을 불러 세웠다.

"아저씨, 하루만 시간을 주세요."

지금 이 순간 그녀의 머릿속에는 기무결밖에 떠오르는 사람이 없었다.

三

"어떻게 방법이 없을까?"

"글쎄요."

기무결이 고개를 가로저었다.

현장에서 불륜 행각이 발각된 마당에 딱히 당시 정황을 뒤집을 만한 증거나 물적 정황이 있을 리 만무했다.

마황성과 기씨세가의 전쟁은 피할 수 없어 보였다.

하지만 이상한 구석이 있는 건 틀림없는 사실이었다.

기소린이 임무도 망각한 채 수천 리도 넘게 떨어진 곳에 가 있었는지는 확실히 확인해 볼 필요가 있었다.

'방법이 아예 없는 건 아니긴 한데…….'

마황성에 잠입하는 것이 불가능하다면 인맥을 통해 접근해 나가는 것이었다.

마도의 고수 중에 아는 사람을 통하면 적어도 기소린의 근황이나 당시 그랬던 이유 등은 충분히 알아낼 수 있었다.

하나 이는 말을 하지 않느니만 못한 방법이었다.

화은설과 기해극에게 마도의 친구가 있을 리 없었다.

기무결은 문득 철산호가 떠올랐다. 그의 명성이나 마도에서의 위치를 떠올리면 충분히 마황성에 출입할 수 있을 것이고, 기소린에게도 접근이 가능할 것이었다.

하나 이내 머리를 흔들었다.

지금쯤이면 독이 발작해서 죽었을 것이었다.

기무결은 왠지 양심에 가책이 느껴졌다. 철산호에게 의외로 받은 것이 많았다. 특히 분심쌍격은 이제 그와는 떼려야 뗄 수 없는 관계였다.

하지만 그는 철예군과 세 번 만나기로 약속을 하고 도망치듯 떠나오지 않았던가?

'간세를 모두 찾아냈는지 모르겠군.'

철예군의 능력이라면 충분히 가능한 일이지만, 철위강, 철패강 형제는 욕심이 많은 것에 비해 자질이 형편없었다. 만에 하나 그들 형제가 나섰다면 실패할 가능성도 배제할 수 없다는 뜻이었다.

"무슨 생각을 그렇게 해? 혹시 방법이 떠오른 거야?"

화은설이 기대 어린 눈빛으로 기무결을 쳐다보고 있었다.

"혹시 내가 방법이 없다고 하면 어떡하실 겁니까?"

"실망스럽긴 하겠지만, 그렇다고 기씨세가가 마황성의 손에 멸문당하는 모습을 지켜볼 수는 없잖아?"

끙!

이럴 줄 알았다.

화은설은 남의 부탁을 거절할 만큼 마음이 모질지 못했다.

더구나 기해극은 무림맹에서 그녀가 유일하게 믿고 의지하는 사람이 아닌가?

그렇다면 보름 후 기씨세가와 함께 최후를 함께하려 할지도 몰랐다.

'어이구, 내 팔자야.'

四

겁난이 불고 있었다.

시작은 남녀의 치정 문제에서 비롯된 일이었다.

어찌 보면 듣기 민망한 만큼이나 지극히 사소한 문제였다.

하지만 상대는 마황성이었다.

이는 잠자는 사자의 코털을 건드린 격이었다.

천하는 전운에 휩싸였고 사람들은 숨을 죽인 채 마황성의 동향을 예의 주시했다.

일각에서는 단순한 치정 문제에 너무 가혹한 것 아니냐며 마황성의 행동에 불만을 표시하는 사람도 있었다.

하나 마황성주의 체면이 땅에 떨어지고 마황성이 천하의 웃음거리로 전락한 것을 생각하면 당연한 수순이라며 옹호하는 사람도 많았다.

"마황성이 정말 보름 후에 기씨세가와 천왕세가를 공격

할까?"

"그야 당연한 일 아닌가? 마황성주는 지금까지 한 번 입 밖에 낸 말은 반드시 지켰으니 말일세."

"천왕세가야 그렇다고 쳐도 기씨세가를 공격하면 무림맹에서 가만히 있으려고 할까? 정파의 자존심을 생각해서라도 도와줘야 하는 거 아니냔 말이네."

"쯧쯧, 자넨 하나만 알고 둘은 모르는군. 무림맹이 개입하기에는 아무런 명분도 없네. 더구나 석 달 후에 벌어질 군웅대회를 생각하면 마황성의 협조는 필수적이라고."

"하긴, 무림맹이 개입하는 순간 정마대전이 벌어지겠지."

"아무렴. 그럼 새외삼패를 견제하겠다는 것은 물 건너가는 것이고, 어쩌면 새외삼패에게 기회만 주는 것인지도 모르네."

"무림맹의 입장도 상당히 복잡하겠군그래."

일각에서는 무림맹이 가만히 있는 것에 의혹을 보내는 사람도 있었지만, 당금 무림의 정세가 그리 간단하지 않았다.

"그나저나 자네들 그 말 들었는가?"

"무엇을 말인가?"

"이번에 마황성주가 마황령을 발동했다네."

"헉? 그 말이 정말인가?"

"내 눈으로 직접 본 사실이네. 어제 마검패왕으로 유명한 소검한이 철마장의 병력을 이끌고 섬서성으로 올라가더군."

소검한은 마황성주의 일곱 명의 의형제 중 다섯째였다.

그리고 마황령은 천하 각지에 흩어진 일곱 명의 의형제를 모두 소집하는 것이었다.

단지 의형제만이 아니었다.

마도무림에는 수많은 문파가 있는데, 그중 마황성을 지탱하는 유력한 가문과 문파가 백 개가 넘었다.

마황령은 그들 모두를 소집하는 것이었다.

"이건 정말 생각만 해도 무서운 일이군."

"마황성주가 기씨세가와 천왕세가를 정말 기왓장 하나 남기지 않고 쓸어버릴 생각인가 봐."

사람들은 약속이나 한 듯 서로의 얼굴을 쳐다보며 침을 꼴깍 삼켰다.

이젠 그나마도 기씨세가와 천왕세가는 단 일 할의 가능성도 없어졌다.

마황령!

그건 가히 공포의 상징이었다.

기씨세가와 천왕세가는 이미 멸문을 당한 것이나 마찬가지였다.

五

"이놈이다."

"추면객 화영?"

"추적과 변장의 달인으로 유명한 자이지."

뇌강이 골치깨나 아프다는 표정으로 말했다.

기무결이 살며시 눈살을 찌푸렸다.

"어떻게 생긴 자입니까?"

"그건 나도 자세히 모른다. 무림맹 내에서도 화영의 진면목을 알고 있는 사람이 맹주밖에 없다. 그러니 제거할 생각은 꿈에도 할 수 없지."

"골치 아픈 자로군요."

"어디 골치가 아프다뿐이겠느냐? 독종도 이런 독종이 없다. 한 번 물었다 하면 지옥 끝까지라도 쫓아가는 인간이니 애초에 도망치기를 포기해야 한다."

뇌강은 지난 며칠 동안 알아본 뒤에야 간신히 화영이 임무를 맡았다는 것을 알아냈다.

화영에게 걸린 이상 모든 걸 버리고 도망치는 수밖에는 다른 방법이 없었다.

하지만 기무결이 누군가?

문서위조의 달인이며 신분을 속이는 데에는 천하에 따라올 사람이 없었다.

"노선배님께서 좀 도와주셔야겠습니다."

"이건 약속이 틀리지 않느냐?"

"뭐가 말입니까?"

"네놈은 분명 누가 조사를 하는지 알아봐 주면 금광의 위치를 알려준다고 했었다."

"쯧쯧, 노선배님도 생각을 해보십시오. 이미 한배를 탄 상황에 제 정체가 탄로 나면 저만 잘못되겠습니까?"

뇌강의 얼굴이 벌겋게 달아올랐다.

죽어도 혼자 죽지 않겠다는 물귀신 작전이었다.

"이, 이놈이? 지금 노부를 협박하는 것이냐?"

"협박이라니요. 그저 정중하게 부탁하는 겁니다."

"으으, 혈압이야!"

뇌강은 머리가 지끈거렸다.

처음부터 손을 잡는 것이 아니었다.

그래도 이렇게 대놓고 물귀신 작전으로 물고 늘어질 줄은 생각도 못한 일이었다.

그는 뒤늦게 기무결과 손을 잡은 것을 후회했지만, 이미 발을 담근 이상 손을 빼기도 어려웠다.

"노부가 무엇을 하면 되느냐?"

"남경에 다녀와 주십시오."

기무결을 조사하다 보면 필연적으로 남경에 갈 수밖에 없었다. 기무결은 그보다 한발 먼저 손을 써서 자신의 흔적을 모두 지워 버릴 생각이었다. 애초에 흔적을 여기저기 뿌리고 다닌 것이 아니기에 평소 자신과 친했던 몇 명의 사람만 매수하면 그만이었다.

그리고 운이 좋으면 화영이란 자의 진면목도 알 수 있을지 몰랐다.

"남경에서 기다리고 있다 보면 소생의 뒤를 캐고 다니는 사람이 있을 겁니다. 그자가 바로 화영일 것이니 어떻게 생겼는지 꼭 확인하고 와야 합니다."

기무결은 마치 아랫사람에게 명령하듯 뇌강에게 두 가지 임무를 전달했다.

뇌강은 속에서 열불이 끓어올랐지만, 그날 해가 지기 전에 무림맹을 떠났다.

六

사내는 분노하고 있었다.

그의 부인이 다른 남자와 바람을 피워서가 아니었다.

오히려 그는 최근 자신이 무공 수련에 열중한 나머지 부인에게 소홀히 대했다며 모든 책임을 자신에게 돌렸다.

그리고 누구보다 가정을 지키고 싶어 했고, 부인이 마음을 돌리기만 한다면 자신은 언제든 받아줄 용의가 있다고 했다.

어지간한 사람은 감히 흉내조차 낼 수 없는 일이었다.

그래서 사람들은 사내가 더 특별해 보였다.

사내는 그런 사람이었다.

준수한 얼굴에 빼어난 무공, 그리고 강인한 성정에 불굴의 의지까지.

천하에 이런 명성을 지닌 사람은 오직 한 명밖에 없었다.

바로 석헌중이었다.

그는 마황성의 소공자였고, 마도제일기재로 불리고 있었다.

사람들은 그의 자질과 능력, 그리고 인품에 매료되었고, 그가 막내로 태어난 것을 안타까워했다.

마황성은 대대로 장남에게 성주의 자리를 물려주는 것이 원칙이었고, 지금까지 단 한 번의 예외도 없었다. 어느 왕조든 동생이 왕위를 차지하면 문제가 발생하곤 했다. 형들이 불만을 품고 모반을 일으키거나 아니면 동생이 모반을 방지하기 위해 형들을 죽이거나.

하지만 석헌중은 여기에 한 번도 아쉬워하거나 관심을 가져본 적이 없었다.

그는 언제나 자유로운 삶을 좋아했고, 사람들과 어울리는 것을 목숨보다 더 소중하게 생각했다. 마황성의 성주가 된다면 이 모든 것을 포기해야 하니 자신은 억만금을 주어도 싫다며 손사래를 쳤다.

석헌중은 그런 사내였다.

한데 지금 그가 불같이 분노하고 있는 것이다.

그의 얼굴은 악귀처럼 변해 있었다. 평소 그를 알고 있는 사람이 보았다면 자신의 눈을 의심할 만한 광경이었다.

"아무래도 이 계집이 내 정체를 알고 있는 게 틀림없다."

석헌중은 눈살을 찌푸렸다.

그들 부부는 누구보다 금슬이 좋았는데, 어느 순간부터 왕소군이 조금씩 그를 피하기 시작했다.

처음에는 무공 수련에 열중한다고 대수롭지 않게 생각했었는데, 그 기억을 더듬어 올라가면 일 년쯤 된 일이었다.

그리고 그건 그가 운기행공을 하고 있던 석헌성을 공격해서 주화입마에 들게 만든 시기와 겹쳤다.

석헌성은 첫째 아들이었고, 마황성의 차기 성주로 내정되어 있었다.

능력 면에서는 단연 석헌중이 더 뛰어나다고 자부했다.

하지만 마황성은 능력에 상관없이 첫째라는 이유로 마황성주가 되는 구조였다.

석헌중은 그것이 늘 불만이었다.

자유로운 삶?

사람들과 어울리는 것을 목숨보다 더 소중하게 생각하는 삶?

그런 건 개에게나 줘버리라지.

석헌중은 어려서부터 자신보다 무능한 두 형을 방해물 정도로 생각했다.

그리고 자신에게 기회 한 번 주지 않았던 아버지에게 불만을 품었다.

하지만 그는 이런 생각을 단 한 번도 표출한 적이 없었다.

오히려 그의 형들은 물론이고 그를 낳아준 부모까지도 감쪽같이 속일 정도로 그의 위선적인 행동은 치밀하고 무서울 정도였다.

누구도 그의 진정한 정체를 모르고 있었다.

왕소군도 처음에는 아무것도 몰랐다.

아마 우연한 기회에 석헌중이 큰형인 석헌성을 죽이는 장면을 목격하지 않았다면 평생 아무것도 모른 채 살았을지도 몰랐다.

그건 충격이었다.

마도제일기재이며 훌륭한 인품까지 갖춘 석헌중이 사실은 잔인한 성품을 지닌 이중인격자라는 사실이 말이다.

하지만 그녀는 아무에게도 이 같은 사실을 말할 수가 없었다.

세상 사람들이 석헌중에게 감쪽같이 속고 있어서 사실을 말한다 해도 믿어줄 사람도 없는데다, 당시 석헌성은 밀폐된 공간에서 운기행공을 하고 있었기 때문에 누군가 침입한 흔적이 전혀 없었기 때문이었다.

석헌중의 야망은 그것으로 멈추지 않았다.

그는 석헌성만 죽이면 차기 마황성주 후계자가 될 줄 알았다.

한데 석대공은 아무 망설임 없이 둘째인 석헌조에게 후계

자리를 전해주는 것이 아닌가?

그때 석헌중은 결심했다.

자신의 앞길을 방해하는 사람은 무능한 형들이 아닌 멍청한 아버지라는 사실을.

원래 그의 두 번째 표적은 석헌조를 죽이는 것이었지만, 이를 수정했다.

그는 석대공을 제거할 생각이었고, 그 계획은 척척 진행되어 가고 있었다.

적어도 왕소군이 사령신단을 숨기기 전까지는 그랬다.

사령신단은 고금오대마공 중 하나인 사황파천신공에서 파생된 것이었다.

사황파천신공은 사중제일의 무공으로 그 성격이 여타 무공과는 판이하게 틀렸다.

일반적인 무공은 운기조식을 통해 공력을 쌓고 초식을 수련하는 것이 기본적인 방식이었다.

하지만 사황파천신공은 반드시 사령신단을 만들어 복용하는 것이 첫 번째 단계였다. 제조 방법은 비급의 가장 첫 장에 적혀 있었다. 이 첫 번째 단계를 해결하지 못하면 아무리 사황파천신공의 비급을 손에 넣었다 할지라도 그림의 떡이었다.

사령신단은 온갖 귀한 영단과 약재가 백여 가지나 들어가기 때문에 만드는 것이 거의 불가능한 희대의 영약이었다.

하나 일단 제조하는 데 성공해서 복용할 수만 있다면 단숨에 수백 년의 공력을 얻을 수 있다.

그와 동시에 사황파천신공의 무공들을 수월하게 익혀서 고금제일의 고수가 될 수 있으니 모든 무인이 꿈속에서라도 바라는 것이었다.

기회는 단 한 번뿐이었다.

복용하고 난 이후 한 시진 안에 반드시 누군가의 공력을 흡수해야 한다.

사령신단은 그 약효가 너무 강해서 외부의 기를 빨아들이려 한다. 그 위력은 흡성대법을 대성한 고수와 비견될 정도였다.

바로 이때가 최대 고비였다.

막강한 공력을 흡수해 사령신단을 녹인다면 수백 년의 공력을 얻겠지만, 그러지 못하고 공력을 흡수하지 못하거나 흡수를 했어도 그리 강한 것이 아니라면 사령신단은 평생 녹지 않고 몸속에서 서서히 썩는다. 그리고 종국에는 온몸의 장기와 내부가 썩어서 비참한 몰골로 죽게 될 것이었다.

최고의 영약이 최악의 독약으로 변하는 순간이었다.

아무튼, 그런 의미에서 석대공은 최적의 대상이었다.

석대공은 이미 천하제일의 고수라 불릴 정도로 공력이 초극지경에 올라 있었고, 그의 공력만 흡수할 수 있다면 석헌중은 천하제일의 고수를 넘어 고금제일의 고수도 될 수 있었다.

그렇게 천하가 그의 손에 들어오기 직전이었다.

한데 왕소군이 그의 계획을 어떻게 알았는지 사령신단을 어딘가로 빼돌린 것이다.

석헌중이 뒤늦게 그 같은 사실을 알고 왕소군에게 달려갔을 때는 이미 그녀는 만천하에 불륜 행각이 발각되고 난 뒤였다.

"으으, 찢어 죽일 년."

석헌중은 왕소군을 떠올리며 이를 갈았다.

이대로 그의 평생 염원이 일개 계집 때문에 무너질 수는 없었다.

기소린이 그 자리에 어떻게 와 있었는지는 모르지만, 분명 왕소군은 자신을 버리면서까지 석대공을 구하려 한 것이 틀림없었다.

왕소군은 지하 뇌옥에 갇혔을 뿐만 아니라 감시하는 눈이 너무 많아서 설령 석헌중이라 할지라도 감히 접근할 수가 없었다. 아니, 설령 그녀에게 접근했다 할지라도 그녀에게 사령신단의 존재를 물어볼 수가 없었던 것이다. 이것이 왕소군이 처음부터 노리고 계획한 것이라면 실로 치가 떨릴 정도로 간교한 계집이었다.

"그런다고 내가 포기할 줄 아느냐?"

그는 왕소군이 사령신단을 숨겼을 만한 장소를 모조리 조사했지만, 그 어디에도 사령신단의 흔적은 없었다. 적어도 마황성 내에는 없는 것 같았다.

석헌중은 천왕세가를 떠올렸다.

이제 남은 장소는 천왕세가 한 군데밖에 없었다.

설령 천왕세가에 없다고 해도 단서가 될 만한 것은 남아 있을 것이었다.

"제법 머리를 굴렸구나!"

석헌중이 가소로운 표정으로 웃었다.

왕소군을 자신의 손으로 직접 죽이지 못하는 것이 아쉽긴 했지만, 사령신단만 찾으면 천왕세가를 자신의 손으로 쓸어버릴 생각이었다.

그는 즉시 천왕세가로 향했다.

사람들은 여전히 그를 마도제일기재이며 최고의 인품을 지닌 것으로 알고 있었기에 누구도 그의 행보에 의심을 품는 사람이 없었다.

七

천왕세가에는 죽음의 그림자가 짙게 깔려 있었다.

이곳이 한때 산서성을 대표하는 마도무림 최고의 가문이었는지 의문이 들 정도였다.

그들은 왕소군의 불륜으로 천하의 지탄을 받고 있었다.

천왕세가는 얼굴을 들고 다닐 수가 없었고, 백 년 넘게 쌓아온 명성이 한순간에 무너지고 말았다.

이제 십여 일 후에는 마황성이 쳐들어온다. 천하 각지에서 마황령이 발동되어 수많은 고수가 마황성으로 올라가고 있었다.

천왕세가의 운명은 그것으로 정해진 것이나 마찬가지였다.

하루에도 백 명도 넘게 찾아오던 식객이 어느 순간 발길을 뚝 끊었다.

천왕세가는 여기저기 도움을 요청해 보았지만, 누구 하나 손을 잡아주는 사람이 없었다.

오히려 혹시라도 이번 일로 자신에게 불통이 떨어질까 무서워 절교를 선언하는 자가 속출했다.

천왕세가는 철저히 외톨이가 되었고, 남은 십여 일 동안은 그야말로 지옥이 따로 없을 터였다.

바로 그때 석헌중이 천왕세가를 찾아온 것이다.

천왕세가는 전혀 생각하지 못한 상황에 처음에는 크게 당황했다. 무엇보다 그를 볼 면목이 없었고, 그가 무슨 원망이나 질타를 할지 몰라 전전긍긍했다.

하지만 석헌중은 원망이나 질타를 하기는커녕 사람 좋은 미소를 지으며 사람들을 안심시켜 주었다.

"제가 여기에 있으면 아버지께서도 쉽게 천왕세가를 공격하지는 못할 겁니다. 이번 일은 군 매가 잘못한 것이 아니라

제가 부족해서 일어난 일입니다."

"아!"

왕척은 크게 감동했다.

세상에 이런 사위가 또 어디 있겠는가?

한데 왕소군이 배신을 하고 다른 사내와 놀아났으니 애비가 되어 입이 열 개라도 할 말이 없었다.

"고, 고마워요, 형부!"

왕혜령의 두 눈에서는 금방이라도 닭똥 같은 눈물이 흘러내릴 것만 같았다.

'흐흐.'

석헌중이 회심의 미소를 지었다.

모든 사람이 다 외면한 마당에 석헌중이 직접 구해주기 위해 찾아왔으니 감동을 받을 수밖에.

석헌중은 은밀한 눈으로 왕혜령의 몸매를 훑어보았다.

왕혜령은 왕소군의 하나뿐인 동생으로 그 미모가 빼어나게 아름다워서 강북제일미로 칭송이 자자했다.

예전부터 군침이 나던 계집이었지만, 그때는 본색을 드러낼 수 없어 억지로 참고 있었다.

'좋아. 사령신단을 찾고 나면 가장 먼저 네년을 접수해 주지.'

第三章 또 하나의 고금오대마공

一

기무결이 산서성을 찾은 건 오 년 전이었다.

물론 그건 신분을 위조해서 다른 사람의 인생을 살아갈 때의 일이었고, 지금은 왕소군의 신상을 조사하기 위해 돌아온 것이었다.

이번엔 화은설과 영영은 동행하지 않았다.

남은 시간도 십여 일 정도밖에 없을 정도로 촉박해서 혼자 움직이는 것이 더 편했다. 무엇보다 마황성과 관련된 일이어서 그 어느 때보다 위험했다. 혹시라도 함께 움직였다 잘못되면 도망치는 것도 문제였다.

화은설은 함께 가겠다고 우겼다.

어찌 되었든 기해극이 자신에게 의뢰한 일을 기무결 혼자 움직이게 하는 게 미안했기 때문이었다. 기무결은 그녀가 가겠다면 자신도 손을 떼겠다고 으름장을 놓고서야 겨우 화은설을 떼어놓고 올 수 있었다.

대신 화은설은 여러 가지 도움이 될 만한 것들을 조사해서 전해주었다. 그녀가 알아본 바에 따르면 기소린과 왕소군은 그 어떤 접점도 없었다. 태어난 고향도 다르거니와 자라온 환경도 다르고 무림에서 활동한 시간도 차이가 있어서 그 두 사람은 단 한 번도 만날 수 없는 구조였다.

하나 그건 기해극의 생각일 뿐이고 왕소군의 입장은 다를 수도 있었다.

만약 그들이 한 번이라도 만났거나 인연이 있는 사이라면 이번 불륜 사건은 더 이상 조사할 필요가 없었다.

기무결은 무조건 정보를 많이 수집할 생각이었다.

그녀의 성격이 어떻고 주위 평판은 또 어떤지 알아야 이번 불륜 사건의 맥락이 대충이라도 그려질 것 같았다.

거리의 풍경은 오 년 전이나 지금이나 별로 달라진 것은 없었다.

기무결은 어렵지 않게 천왕세가를 찾아낼 수 있었다.

하지만 이제부터가 문제였다.

기소린과 왕소군의 접점을 찾으려면 아무래도 천왕세가에 가서 가족들에게 확인하는 수밖에 없었다. 재수가 없으면 왕소군의 어린 시절 행적까지 모두 조사해야 할지도 몰랐다.

문제는 천왕세가에 들어갈 마땅한 명분이 없다는 것이었다.

식객조차 발길이 뚝 끊긴 마당에 무작정 찾아가 왕소군의 행적에 대해 말해달라고 하면 어떤 정신병자가 순순히 얘기를 하겠는가?

처음에는 낭인이나 호위무사 정도로 신분을 위장해서 접근해 볼 생각이었다.

마황성과 한창 대치 중인데다 전쟁 날짜까지 잡힌 상태이니 가능한 모든 능력을 동원해 세력을 확충할 거란 생각에서였다.

하나 그건 마황성의 능력을 너무 과소평가한 것이었다. 천왕세가는 세력 확장은커녕 죽을 날만 기다리고 있었다.

그때, 기무결은 천왕세가에 석헌중이 찾아왔다는 소문을 듣고 눈빛을 반짝거렸다.

二

천왕세가는 활기를 되찾아가고 있었다.

발길을 끊었던 식객들이 하나둘 찾아오고 도움을 외면했던 사람들이 구원의 손을 내밀었다. 불과 며칠 전만 해도 죽음의 그림자가 짙게 깔려 있던 곳이라고는 믿기 어려운 일이었다.

이 모든 것이 석헌중이 찾아오면서 시작된 일이었다.

평소 석헌중에게는 따르는 친구들이 있었는데, 그들이 석헌중의 힘이 되어주기 위해 천왕세가로 모여들었다.

모두 다섯 명이었고 하나같이 마도무림에서 유력한 가문의 후계자였다.

그들은 솔직히 석헌중의 결심을 이해하기 어려웠다. 불륜을 저지른 부인을 용서하는 것도 이해할 수 없었지만, 왕소군 때문에 마황성과 맞서는 형국이기 때문이었다.

정상적인 상황에서는 도저히 이해할 수 없는 일이었다.

하지만 그 이유야 어찌 되었든 그들은 어려서부터 뜻을 같이했던 친구들.

석헌중이 외롭게 마황성과 맞서게 놔둘 수는 없었다.

그들의 가세는 달리는 말에 채찍질을 가한 꼴이었다.

사람들은 어쩌면 전쟁이 일어나지 않을지도 모른다는 생각이 들었다. 설마 마황성주가 석헌중을 죽이면서까지 천왕세가를 공격할지 의문이었다.

지금 상황은 석헌중과 석대공이 정면으로 맞서는 형국.

자고로 자식 이기는 부모 없다고 석대공이 끝내 마음을 돌리지 않는다면 석헌중과 전쟁을 치르는 수밖에 없었다.

그리고 그건 어느 부모든 할 수 없는 일이었다.

그렇게 하나둘 찾아오기 시작한 사람이 지금은 사십 명이 넘었다.

예전에 비하면 턱없이 부족한 인원이었지만, 왕척은 이것만으로도 기적을 보는 것 같았다.

아직 전쟁의 위협이 사라진 것은 아니었다. 여전히 석대공의 분노는 하늘을 찌를 듯 높았지만 왕척은 천하의 민심이 자신들과 함께하면 최악의 순간은 피할 수 있을지도 모른다는 희망이 생겼다.

"고맙네, 정말 고마워!"

왕척은 당장에 사위에게 절이라도 할 기세였다.

남들이 보면 사위에게 그게 무슨 짓이냐며 혀를 찰지도 모르겠지만, 왕척은 사위가 존경스러웠다.

그는 이제 석헌중이 무슨 부탁을 해도 기꺼이 따를 생각이었다. 그것이 설령 목숨을 내놓으라는 것이어도 마찬가지였다.

석헌중은 겸손한 표정으로 손사래를 치면서도 속으로는 회심의 미소를 지었다.

모든 것은 그의 의도대로 움직이고 있었다.

친구들이 불원천리 달려온 것은 암중에 그의 부탁이 있었기 때문이었다. 자신을 좀 더 믿고 의지하게 만들려면 뭔가 극적인 장치들이 필요했다. 발길을 끊었던 식객들이 돌아온 것 역시 암중에 그가 부탁해서 가능한 일이었다.

그들 입장에서는 석헌중의 부탁을 거절하기 어려웠다. 혹시라도 석헌중에게 밉보였다가 나중에 불이익을 당할지 모를 일이었다.

더구나 그들이 언제 석헌중 같은 거물과 안면을 트고 사귈 수 있겠는가?

이건 하늘이 주신 기회라는 생각이 들었다.

물론 거기에는 정말 전쟁이 일어나겠어? 라는 안일한 생각이 들어 있었다.

그렇게 하나둘 모이기 시작한 것이 이제는 자발적으로 모여드는 사람까지 생겨나기 시작했다는 것이었다.

석헌중은 진짜로 천왕세가를 구해줄 생각은 없었다.

그의 목표는 어디까지나 사령신단을 찾아내는 것이었다. 전쟁이 일어나기 전에 반드시 사령신단을 찾아내야 했고, 그 이후에는 적당히 핑계를 대고 중간에 빠져나갈 생각이었다.

하지만 그전까지는 완벽한 영웅으로 보여야만 했다.

특히 사령신단 다음으로 그의 목표물이 된 왕혜령에게는 두말할 나위도 없었다.

그는 천왕세가에 온 이후 잠을 자는 시간을 빼고는 거의 왕혜령과 함께 다녔다.

왕혜령은 석헌중의 음흉한 마음도 모르고 그의 자상한 성격에 시간이 가는 줄도 몰랐다.

"고마워요, 형부!"

"헛헛! 또 그 소리냐?"

"언니는 왜 형부 같은 분을 놔두고 그런 짓을 했는지 모르겠어요. 나라면 절대 그러지 않았을 거예요."

"그게 무슨 말이야, 처제?"

"그, 그게……. 헤헷! 사실 형부처럼 자상하면서도 책임감이 강한 사람이 또 있으면 얼마나 좋을까요?"

그녀의 이상형이 석헌중 같은 남자라는 뜻이었다.

'흐흐, 그렇단 말이지. 조만간 네년을 염증이 날 때까지 귀여워해 주마.'

역시 노력한 효과가 있었다.

이렇게까지 했으니 어느 여인이 그런 생각을 하지 않겠는가?

석헌중은 은밀하게 왕혜령의 몸매를 빠르게 훑고 지나가며 음심을 키웠다. 생각 같아서는 지금이라도 당장 덮치고 싶었지만, 그는 아직 사령신단의 행방을 알아내지 못한 상태였다.

그는 사령신단의 행방을 알아내기 위해 하루에도 몇 번은 왕소군의 동정을 물어보았다.

혹시 최근 한 달 이내에 그녀에게 연락 온 것은 없었는지, 있다면 무슨 이야기를 했었는지. 그리고 혹시 그녀가 뭔가 맡겨놓은 것은 없는지 등등 석헌중은 조그만 단서가 될 만한 것이라도 놓치지 않으려고 했다.

왕혜령은 이상한 생각이 들었다. 모든 것이 백일하에 드러난 마당에 뭐가 더 궁금한 것이 남아 있는지 의아했다.

하지만 자상하기 그지없는 형부가 사령신단을 찾기 위해 왕소군의 뒷조사를 벌이고 있다는 생각은 꿈에도 하지 못했다.

왕혜령은 자신이 알고 있는 것이라면 빼먹지 않고 자세히 얘기해 주었다.

三

이 시대 최고의 고수를 꼽으라면 사람들은 주저 없이 석대공을 선택할 것이다.

그의 마마승룡도법은 하늘을 가르고 땅을 뒤엎을 만큼 가공할 위력을 담고 있었고, 지금까지 백 번이 넘는 싸움을 하면서 삼 초 이상 펼쳐 본 적이 없는 무적의 도법이었다.

특히 그의 마마승룡도법의 신화는 삼십 년 전으로 거슬러 올라간다.

당시 마황성은 성주가 젊은 나이에 주화입마에 빠져 후계를 정하지 못한 상태였다.

그리고 그 틈을 틈타 십여 명의 사람이 일어나 성주의 자리를 차지하려 치열하게 싸우던 중이었다.

그때, 석대공이 일곱 명의 의형제와 마황성에 들이닥쳤고, 성주의 자리를 노리는 자들과 건곤일척의 승부가 벌어졌다.

소문난 잔치에 먹을 게 없다고 했던가?

성주의 자리를 노리던 십여 명의 고수는 마황성 내에서 열 손가락 안에 드는 무서운 고수들이었다.

하지만 누구도 석대공의 마마승룡도법을 삼 초 이상 막아내는 사람이 없었다.

그건 한 명의 어른과 십여 명의 어린아이의 싸움이라 해도 과언이 아니었다.

소문은 천하에 일파만파로 퍼져 나갔고, 사람들은 경악을 금치 못했다.

그리고 누구도 석대공이 천하제일고수라는 데 의견을 달지 않았다.

하나 석대공의 가장 무서운 점은 단순히 그의 무공이 높다는 데 있지 않았다. 그를 옆에서 보좌하던 일곱 명의 의형제 역시 그 무공이 가공무쌍하기로 유명했다.

석대공이 십여 명의 고수와 건곤일척의 승부를 벌이던 그 시각.

일곱 명의 의형제는 주변을 지키고 서서 누구도 싸움에 접근하지 못하게 했다.

그들 십여 명의 고수에게는 수많은 수하와 조력자들이 있었는데, 겨우 일곱 명의 의형제만의 힘으로 이백 명도 넘는 수하와 조력자들을 막아선 것이다.

그것이 바로 삼십 년 전에 일어난 마황참의 전설이었다.

석대공은 그 이후 삼십 년 동안 마황성을 마도무림 역사상 최고의 방파로 만들었고, 일곱 명의 의형제는 천하 각지에 퍼져 세력을 넓히고 확장하는 데 일조했다.

천하는 그들 일곱 명을 일컬어 마황칠패라고 불렀다.

그들이 한자리에 모인 건 정확히 사 년 만의 일이었다.

당연히 한바탕 웃음이 퍼지고 술의 향연이 펼쳐져야 정상이지만, 누구도 웃는 자가 없었다. 분위기가 무겁게 가라앉아 있었다.

"형님, 너무 걱정하지 마십시오. 중아는 소제가 책임지고 데려오겠수."

자신의 가슴을 치며 호탕하게 말하는 사람은 일곱째인 육정수였다.

그는 철탑을 연상시키는 거대한 체격에 울퉁불퉁 튀어나온 근육질은 보는 사람이 숨 막힐 정도였다.

"쯧쯧, 자네는 그 아이만 보면 쩔쩔매지 않던가?"

"우헤헤! 중아가 귀여운 구석이 많긴 하지요."

육정수는 강호에서 대력흉신으로 통하고 있었다.

그만큼 그는 사람들 사이에서 공포의 대상이었다.

하지만 석헌중에게만큼은 예외였다. 석헌중의 자질이 워낙 뛰어난 것도 있었지만, 그가 사정을 하고 떼를 쓰면 뭐든 안 들어줄 수가 없었다. 그는 누구에게도 가르쳐 주지 않았던 자신의 독문절학인 대력철신부법을 홀랑 빼앗기고 말았다.

석대공이 잠시 눈살을 찌푸리다 만검비를 쳐다보았다.

만검비는 셋째 아우였고, 쾌검의 달인이었다.

그의 쾌검이 어찌나 빠른지 당대 최고의 고수인 석대공조차 만검비의 쾌검 앞에서는 긴장을 할 정도라고 알려져 있었다.

하나 무엇보다 만검비는 성격이 냉철하고 두뇌 판단이 빨라서 어려울 일을 처리할 때 제격이었다.

"자네가 일곱째와 함께 가줘야겠네."

"소제가 같이 가는 건 어렵지 않지만, 정말 천왕세가를 치실 겁니까?"

"그야 당연한 일 아닌가? 이 일을 그냥 덮고 지나가면 천하가 마황성을 비웃을 거네."

"하긴, 이번에 중아가 대형께 맞서려는 건 너무한 거지."

"한데 대형! 천왕세가야 별 볼 일 없지만 기씨세가는 어찌하실 겁니까? 자칫 무림맹과 전쟁이 벌어질 수도 있습니다."

"쯧쯧, 이제 보니 자네들도 많이 늙었군. 다들 겁쟁이가 되었어. 그깟 무림맹이 무서워 천하의 비웃음거리로 전락하겠다는 건가?"

"이거 졸지에 마황칠패가 겁쟁이가 되었군요."

"알았으면 됐네. 자네들은 무슨 수를 써서라도 중아를 데려오게. 그게 어려우면 약간의 무력을 사용해도 좋고."

석대공의 표정은 여전히 강경했다.

그도 그럴 것이 그는 누구보다 왕소군을 아끼고 좋아했는데, 난데없는 불륜에 심한 배신감을 느끼고 있었다.

석헌중을 데려오는 건 마황칠패의 명성을 생각하면 있을 수 없는 일이었다.

그들은 곧이어 벌어질 천왕세가와 기씨세가의 전쟁을 떠올리며 서둘러 산서성으로 떠났다.

四

"아무래도 이상해!"

기무결은 연신 고개를 갸웃거렸다.

그의 시선은 석헌중과 왕혜령을 쫓고 있었다.

석헌중은 왕혜령에게 정신이 팔려서 전혀 의식하지 못했지만, 기무결은 이미 며칠 전부터 그를 감시하고 있었다.

처음부터 석헌중을 감시할 생각은 아니었다.

원래 목적은 왕혜령에게 접근해서 왕소군에 대한 정보를 알아내는 것이었다.

하지만 그의 계획은 첫날부터 어긋나고 말았다.

왕혜령의 주변에 항상 석헌중이 있었다. 아무리 좋게 생각해도 이해하기 어려운 일이었다.

세상에 저렇게 사이좋은 형부와 처제 사이는 처음이었다.

더구나 왕혜령은 자신을 배신하고 다른 남자와 불륜을 저지른 여인의 동생 아닌가?

하긴, 처가를 구해주기 위해 온 것부터가 기무결의 상식으로는 이해하기 어려운 일이었다. 설령 보살이 환생했다 해도 그런 상황에서는 미워하고 원망해야 정상인 것이다.

'뭔가 흑심이 있지 않고서야 저럴 수가 있을까?'

그 이후부터 기무결의 시선은 찰거머리처럼 그들을 쫓아다녔다.

기무결이 천왕세가에 들어오는 것은 그리 어렵지 않았다. 석헌중이 오고 난 이후부터 여기저기서 사람들이 몰려왔고, 천왕세가 측에서도 도와주러 왔다고 하면 굳이 신분 같은 것은 묻지도 따지지도 않았다.

기무결은 처음부터 천왕세가를 도와주러 온 것이 아니었기에 가명을 댔다. 당연히 천왕세가에서는 한 번도 들어본 적이 없는 이름이었다.

그들은 기무결을 떠돌이 낭인 정도로 생각하고 크게 기대하지 않았다.

왕척은 기무결이 처음 온 날 잠깐 찾아와 고맙다는 인사를 하고 난 이후부터 얼굴을 볼 수 없었다. 왕척의 관심은 온통 석헌중과 무림에 명성이 나 있는 고수들에게 향해 있었다. 상대적으로 기무결을 비롯해서 이름이 없는 자들은 홀대를 받고 있었다.

다른 사람이었다면 괘씸한 감정을 느낄 수도 있었겠지만,

기무결은 오히려 고맙다는 말을 하고 싶을 정도였다.

관심이 없는 게 이렇게 편할 줄은 몰랐다.

기무결은 행동에 아무런 제약을 받지 않고 천왕세가 곳곳을 돌아다닐 수 있었다. 덕분에 그는 별 의심 받지 않고 석헌중을 감시할 수 있었다.

기무결은 원래 의심이 많은 성격이었다.

그런 그의 눈에는 지금 석헌중과 왕혜령의 사이가 비정상적으로 보였다.

왕혜령 입장에서는 충분히 그럴 수 있었다. 석헌중이 위기에 처한 천왕세가를 도와주고 있으니 얼마나 고맙겠는가?

하나 석헌중에게는 그럴 만한 명분이 없었다.

대개 남자가 여자에게 접근하는 이유는 뻔하다. 열이면 열 다 그렇다. 아무리 그럴 듯한 이유를 가져다 붙여도 호감이 없으면 다가가지도 않는다.

그러고 보니 석헌중의 눈빛이 언뜻언뜻 야릇하고 음흉하게 변할 때가 있었다. 그것은 순식간에 바뀌어서 왕혜령은 눈치채지 못했지만, 기무결은 의심을 품고 지켜보고 있었기 때문에 단박에 알아챌 수 있었다.

'이것 봐라?'

단순히 형부가 처제를 대하는 눈빛이 아니었다.

먹이를 눈앞에 둔 맹수의 눈빛 그 이상이었다.

'설마 이런 상황을 이용해 처제를 어떻게 해보겠다는 건가?'

기무결은 어려서부터 온갖 종류의 악당을 경험하며 살아왔다. 착한 사람을 대한 것보다 나쁜 자들을 알고 지낸 것이 더 많을 것이다.

근묵자흑이라 하지 않던가?

그 자신이 문서를 위조하며 나쁜 짓을 하며 살아왔으니 주변에 착한 사람들이 꼬일 리 없는 것이다.

그런 관점에서 볼 때 석헌중은 결코 소문으로 떠도는 것처럼 담대한 자가 아니었다.

기무결은 단박에 석헌중의 위선을 알아보았다. 석헌중이 마도제일기재인지 어떤지는 몰라도 훌륭한 인품의 소유자는 절대 아니었다.

이렇게까지 세상을 감쪽같이 속일 정도면 엄청난 위선자에 무서운 심기를 지닌 효웅일 가능성이 높았다.

그런 그가 자신을 배신한 여인의 집안을 구해주러 왔다?

지나가는 개가 웃을 일이었다.

일부다처제가 당연한 시대다.

하물며 영웅은 호색이란 말도 있다.

그래도 언니와 동생을 동시에 취하는 건 그리 흔치 않았다.

인품이 훌륭한 자라면 더더욱 멀리할 게 뻔하다. 이런 식으로 상대의 약점을 이용해 처제를 농락하려는 건 시정잡배들도 하지 않는 일이었다.

'이야, 그놈 정말 난놈일세.'

기무결은 온갖 나쁜 놈을 겪어봤지만, 석헌중 같은 개새끼는 또 처음이었다.

五

석헌중은 자신이 원하던 정보를 대부분 얻을 수 있었다.

확실히 왕소군은 사령신단을 빼돌려 이곳 어딘가에 숨겨 놓은 것 같았다.

하지만 그녀는 혹시라도 나중에 문제가 생길 것을 방지하기 위해 아무에게도 진실을 말하지 않았다.

왕혜령은 아무것도 모른 채 물건을 받고 보관만 해두고 있었다.

"그러니까 그걸 전장에 맡겨두었다고?"

"언니가 나중에 가지러 온다고 하면서 전장에 맡겨두라고 하더라구요. 다른 사람에게 절대 보여주면 안 된다고 하면서 세가에 두지 말라고 몇 번이나 당부를 했는걸요."

조그만 상자였다.

단단히 밀봉이 되어 있어서 내용물을 확인하지는 못했지만, 무척 귀중해 보였다.

"형부, 그게 뭔데 그렇게 관심 있게 물어보시는 거예요?"

"핫핫! 그건 나도 잘 몰라. 어림짐작으로 그 남자에게 받은 물건이라고만 추측하고 있을 뿐이야."

왕혜령은 당황한 표정으로 말했다.

"그, 그럼 그 물건은 불결하기 짝이 없는 거잖아요."

"새로 생긴 애인에게 받은 물건이면 그렇겠지."

"아! 미안해요. 나는 그런 것도 모르고……."

"괜찮아, 처제! 모르고 한 건데 뭘. 그리고 그걸 가지고 군매를 질책하려는 것도 아니고."

'흐흐.'

석헌중이 속으로 회심의 미소를 지었다.

이렇게까지 말했으니 안 보여주겠다는 말은 하지 못할 것이다.

아니, 오히려 왕혜령의 성격에 미안해서라도 자신에게 물건을 가져다줄 것이 뻔했다.

'조그만 상자라고 그랬지? 그렇다면 내가 보관했던 모습 그대로 맡겨놓은 것 같군.'

굳이 더 이상 확인할 필요도 없었다.

왕소군이 맡겨놓은 것은 틀림없이 사령신단이었다.

이제 물건을 찾는 일만 남아 있었다.

물론 강북제일미라는 왕혜령의 몸을 맛보는 것도 빼놓을 수 없었다.

석헌중은 아까부터 왕혜령의 몸에서 흘러나오는 향기에 혼백이 사라질 정도였다.

그는 더 이상은 참기 어려웠다. 몸속에 피가 끓어올라 당장에라도 혈기를 주체하기 어려웠다. 마음 같아서는 당장 이곳에서 일을 저지르고 싶었지만, 전장에서 물건을 찾으려면 물건을 맡긴 사람이 가야 한다는 것이었다.

'흐흐, 물건을 찾자마자 이 계집을 가장 가까운 객잔으로 끌고 가서 거사를 치러야겠군.'

사령신단과 왕혜령.

두 개의 고지가 얼마 남지 않았다.

그가 왕혜령에게 전장으로 물건을 찾으러 가자고 말을 하려는 순간이었다.

누군가 헐레벌떡 그들이 있는 곳으로 달려왔다.

바로 기무결이었다.

"헉헉! 석 대협께서 여기 계신 줄도 모르고 한참 찾았습니다."

"그대는 누구인가?"

"헉헉! 소인은 신마장의 제자입니다."

기무결이 연신 거친 숨을 몰아쉬며 말했다.

신마장은 석헌중의 친구 중 한 명의 가문으로 오태산 일대에서 크게 명성을 떨치고 있는 곳이었다.

"중자우가?"

평소 교활하기 이를 데 없는 석헌중이었지만, 설마 이런 곳에서 기무결이 거짓말을 하리라고는 꿈에도 생각하지 못했다.

“소공자께서 아주 급한 일이라며 석 대협을 모셔 오라 하셨습니다.”

“무슨 일로 나를 찾는다고 하던가?”

“소인도 그것까지는 모릅니다.”

“흐음. 지금은 처리해야 할 일이 있으니 나중에 볼일이 끝나면 찾아가겠다고 하게.”

“아주 촌각을 다투는 일이라 했습니다. 지금 당장 처리하지 않으면 크게 낭패를 겪을지도 모른다고 하셨습니다.”

옆에서 왕혜령도 거들었다.

“그래요, 형부! 중 소협이 촌각을 다투는 일이라고 했으면 정말 중요한 일인 것 같아요.”

석헌중도 그렇게 느끼고 있었다.

중자우의 성격은 무척 신중하기 이를 데 없었다. 그런 그가 크게 낭패를 겪을지도 모른다고 했으면 정말 큰 문제가 생긴 게 틀림없었다.

“자우는 지금 어디 있는가?”

“석 대협의 처소에서 기다리고 계십니다.”

“알겠네.”

석헌중은 기무결의 말이 끝나기가 무섭게 허공으로 몸을 날렸다.

기무결이 그의 뒷모습을 의미심장한 눈길로 쳐다본 것은 당연했다.

六

기무결의 장기는 뭐니 뭐니 해도 문서를 위조하는 것이었다. 그는 일단 석헌중을 떼어놓는 데 성공하자 왕혜령을 쳐다보며 혀를 찼다.

"쯧쯧, 방금 소저는 범의 아가리 속에 들어갔다 나온 것을 압니까?"

"뭐라구요?"

"석헌중이 불순한 의도로 소저에게 접근했다는 뜻입니다."

"그대는 누구죠? 신마장의 제자가 아니군요."

왕혜령이 눈살을 찌푸렸다.

여차하며 소리를 지를 기세였다.

기무결은 그럴 줄 알았다는 듯 품속에서 종이 뭉치를 꺼냈다.

"백문이 불여일견이라 했습니다. 소생의 소개는 일단 나중에 하기로 하고 일단 이걸 보시죠."

"이게 뭐죠?"

왕혜령은 무심코 종이 뭉치를 받아 들었다가 소스라치게 놀랐다.

—자네들이 좀 도와주게. 왕소군 그 계집에게 똑똑히 보여주고 싶네. 나를 배신한 대가로 왕혜령 그 계집을 반드시 짓밟아 버릴 것이네.

—네 말처럼 당장에라도 천왕세가를 무너뜨릴 것처럼 공포감을 조성하긴 했지만, 꼭 그럴 필요가 있겠느냐? 천왕세가를 구해주는 척하면서 호감을 얻은 뒤 왕혜령 그 계집을 짓밟고 복수하는 것도 좋은 생각이다. 하지만 번거롭게 굳이 그렇게 할 필요가 있을까 싶구나! 왕소군이 보는 앞에서 왕혜령 그 계집을 능욕을 하는 것이 더 효과적이지 않겠느냐?

그 외에도 몇 개의 서신이 더 있었지만, 왕혜령은 이것만으로도 현기증이 일었다. 그녀의 팔은 부들부들 떨리고 있었고, 얼굴은 파랗게 질려 당장에라도 쓰러질 것 같았다.

바보가 아닌 이상에야 서신에 적혀 있는 내용이 무슨 뜻인지 모를 리 없었다.

첫 번째 것은 석헌중이 친구들에게 부탁을 한 것이고, 다섯 명의 친구가 천왕세가로 찾아온 이유인 것 같았다.

왕혜령은 이것만으로도 충분히 충격적이었다.

하지만 두 번째 서신은 무섭다 못해 치가 떨릴 정도였다.

여기에는 아무런 주어도 없지만, 마황성주인 석대공이 석헌중에게 쓴 서신이 틀림없었다.

왕혜령은 하늘이 무너져 내릴 것만 같았다. 마황성이 천왕세가와 전쟁을 선포한 것도, 그리고 석헌중이 자신들을 구해주기 위해 친구들과 함께 찾아온 것도 모두 새빨간 거짓이기 때문이었다.

"어, 어떻게 이럴 수가……."

왕혜령은 설마 이 충격적인 서신들이 기무결이 위조한 것이라고는 꿈에도 생각할 수 없었다.

그녀는 일단 석헌중의 필체를 알지 못했고, 기무결이 건네준 서신들은 모두 필체가 달랐던 것이다.

기무결에게 사람 하나 범죄자로 만드는 건 일도 아니었다.

자고로 뛰는 놈 위에 나는 자가 있다고 했다. 석헌중이 아무리 교활하고 세상을 감쪽같이 속여왔다 해도 기무결의 상대가 될 수는 없었다.

"그, 그대는 누구죠? 어… 어떻게 이것들을 얻은 거죠?"

"시간이 없습니다. 일단 여기를 빠져나간 다음 설명을 드리겠습니다."

석헌중이 속은 걸 깨닫고 이곳으로 달려오기까지 걸리는 시간은 채 일각도 걸리지 않을 터였다.

기무결이 왕혜령의 손을 잡고 천왕세가 밖으로 이끌었다. 왕혜령은 이미 정신적인 공황에 빠진 상태인지라 기무결의 손을 뿌리칠 생각도 하지 못했다.

"어느 전장에 물건을 맡겼습니까?"

"그, 그건 왜 묻죠?"
그제야 왕혜령은 퍼뜩 정신을 차렸다.
그리고 기무결을 경계하기 시작했다.
"소생은 황실에서 나왔습니다."
기무결이 위조한 신분증을 꺼내서 왕혜령의 눈앞에 들이밀었다. 동그랗게 생긴 금패였다. 앞에는 금의위란 글자가 새겨져 있었고, 뒤에는 두 마리 용이 하늘로 비상하는 문양이 새겨져 있었다. 세상에 이런 신분증을 사용하는 곳은 금위의 밖에 없었다.

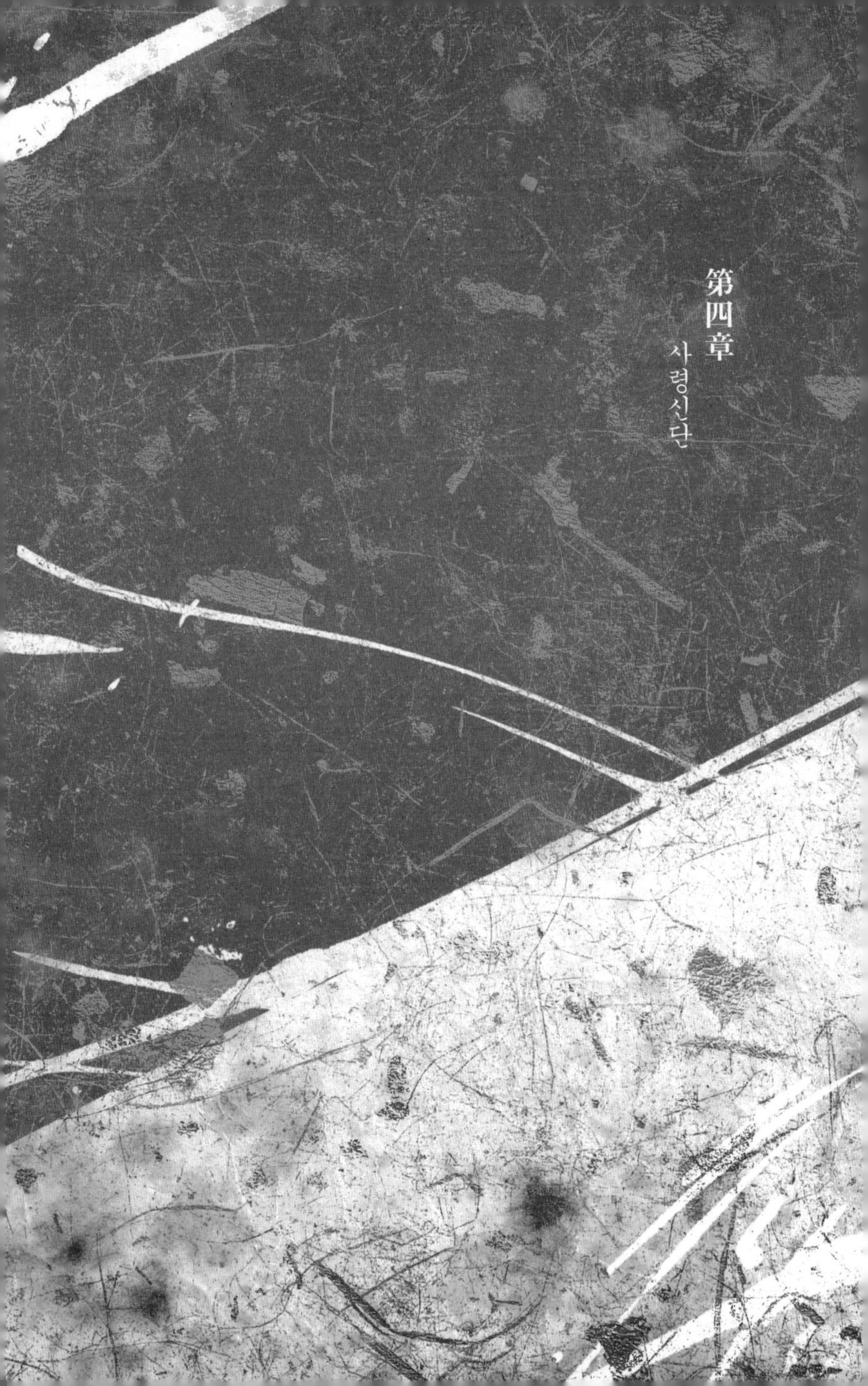

第四章 사령신단

一

왕혜령은 한동안 금패에서 시선을 뗄 수 없었다.

그녀가 금의위를 본 적이 없으니 금패가 진짜인지 가짜인지 알 리가 없었다.

하지만 금패는 얼핏 보아도 그럴듯해 보였다.

더구나 금패를 위조해서 금의위 행세를 하는 사람이 있으리란 생각을 그 누가 하겠는가?

왕혜령이 고개를 갸웃거렸다.

"관과 황실은 서로의 구역을 침범하지 않는 게 오랜 관행 아니던가요?"

"소저가 의아하게 생각할 만도 합니다. 한 달 전쯤에 황실무고에서 아주 위험천만한 물건이 없어졌습니다. 소생은 폐하의 명을 받고 물건을 추적하던 중 그것이 석헌중과 관련이 있다는 사실을 포착했지요."

"그 물건이 뭔가요? 혹시 그게 언니가 맡겨둔 물건이란 말인가요?"

"그건 말할 수 없습니다."

그만큼 중요하면서도 위험천만한 물건이란 뜻이었다.

왕혜령은 황실무고에서 흘러나온 물건이라면 더 이상 캐묻기 어렵다고 생각했다.

그 와중에도 기무결의 말은 계속되고 있었다.

"소생도 확인해 봐야 알겠지만, 왕소군 소저가 맡겨둔 것이 거의 확실합니다."

"그렇다면 언니도 그 물건이 황실의 것이라는 것을 알았다는 건가요?"

"거기까진 소생도 잘 모르겠습니다. 단지 확실하게 말할 수 있는 건 석헌중이 그 물건을 이용해 아주 불순한 음모를 진행하고 있었고, 왕소군 소저가 사전에 이 같은 사실을 알고 물건을 빼돌렸다는 것이지요."

기무결은 단지 추측했을 뿐이었다.

하지만 그의 생각은 놀랍게도 정확하게 일치했다.

왕혜령은 더 이상 아무 말도 할 수 없었다. 모든 게 척척 맞아떨어지는 기분이었다. 기무결의 말에는 단 한마디 의혹도 생기지 않았다.

"그 물건은 지금 어디 있습니까? 석헌중의 손에 들어가기 전에 반드시 소생이 황실로 가져가야 합니다."

"그, 그건……."

왕혜령이 선뜻 대답하지 못했다.

왕소군은 절대 아무에게도 물건을 넘겨주어서는 안 된다고 신신당부했기 때문이었다.

"시간이 없습니다. 물건을 찾으면 왕소군 소저의 누명도 벗을 수 있습니다."

"그, 그게 정말인가요? 언니가 누명을 썼단 말이에요?"

왕혜령의 눈이 크게 치떠졌다.

二

순진한 젊은 여인 하나 속이는 건 기무결에게 일도 아니었다. 무조건 거짓말만 하면 들킬 위험이 높지만, 어느 정도 사실 위에 거짓말로 색칠을 하면 왕혜령은 물론이고 노련한 노강호들도 속을 수밖에 없었다.

기무결은 석헌중의 목표가 왕혜령의 몸과 왕소군이 전장에 맡긴 상자, 이 두 가지라는 것을 알 수 있었다. 자고로 지피지기면 백전백승이라 했으니 이건 무조건 기무결이 이기는 싸움이었다.

기무결은 여색에 담담한 편이었다. 왕혜령의 미모는 석헌중이 오랫동안 탐을 낼 정도로 대단한 것이었지만, 기무결은 별다른 감흥을 느낄 수 없었다.

하지만 왕소군이 맡긴 상자는 달랐다.

그 안에 무엇이 들어 있는지 알 수 없지만, 석헌중이 기를 쓰고 찾으려고 하는 것을 보면 상당히 중요한 것이라는 것쯤은 느낄 수 있었다.

그렇다면 자신이 슬쩍 가로채 주는 게 마땅한 도리였다.

그가 금의위를 사칭한 건 나중에 혹시라도 마황성이나 천왕세가 등에서 추적해 올 것을 대비한 포석이었다.

관과 무림이 서로의 구역을 침범하지 않는 것이 관례인데, 설마 마황성이나 천왕세가에서 금의위를 추적할 수는 없는 노릇이기 때문이었다.

그리고 그것으로 몇 가지 사실을 유추할 수 있었다.

왕혜령이 물건을 빼돌려서 감출 정도면 상당히 위험한 것이라는 점이고, 어쩌면 석헌중은 그것을 이용해서 불순한 계획을 꾸미고 있었는지도 몰랐다.

'아니, 틀림없이 아주 무서운 음모를 꾸미고 있었을 것이다.'

왠지 강호 무림의 안위와 관련이 있을 것 같았다. 그게 아니더라도 마황성과 밀접한 연관이 있어야 왕소군이 물건을 빼돌릴 만한 명분이 생기기 때문이었다.

한데, 여기서 생기는 의문 하나.

이 다급한 상황에서 외간 남자와 바람을 피운다?

더구나 무림의 안위를 걱정해서 남편의 물건까지 빼돌린 여인이?

기무결의 머릿속에 무언가 번쩍하고 떠올랐지만, 그건 좀 더 조사하면 확실해질 일이었다.

三

상자는 주먹만 한 크기에 노란색 종이로 단단히 밀봉이 되어 있었다.

밀봉한 노란색 종이에는 빨간색 글자들이 적혀 있어서 살짝만 뜯어도 바로 표시가 나게 되어 있었다.

대은전장 안에는 맡겨놓은 물건을 확인할 수 있는 밀실이 있었는데, 이곳은 우수 고객들만이 드나들 수 있는 특별 장소였고, 귀중한 물건들은 여기에서 확인할 수 있었다. 넓은 밀실에는 아무도 없고, 오직 기무결과 왕혜령만 있었다.

"정말 이것만 있으면 언니의 누명을 벗겨낼 수 있는 건가요?"

왕혜령은 그것이 가장 중요했다.

그렇지 않았다면 기무결이 황실에서 나왔다고 해도 이렇게 쉽게 물건을 내놓지는 않았을 것이었다.

하지만 아무리 봐도 상자는 그리 특별할 것이 없었다.

크기도 그리 크지 않아서 상자 안에 천하를 진동할 무공 비급이나 가공할 병기가 들어 있을 확률은 거의 없었다. 그렇다고 단단히 밀봉이 되어 있는 곳에 왕소군의 결백을 증명할 그 어떤 단서가 들어 있을 것 같지 않았다.

상자 안에 무엇이 들어 있는지는 기무결도 궁금하긴 마찬가지였다.

물론 여기에 왕소군과 관련된 그 어떤 것도 들어 있지 않다는 것만은 확실했다.

그래도 기무결은 확신하고 있었다.

왕소군의 불륜 뒤에 그 무언가가 있다면 그녀의 결백을 벗겨줄 것은 상자밖에 없다는 것을 말이다.

"드디어 찾았습니다. 황궁무고에서 빠져나온 물건입니다."

"아!"

왕혜령은 오늘 여러 번 놀라고 있었다.

지금까지 마도제일기재라고 알고 있었던 석헌중이 사실은 음험하기 그지없는 위인인데다 자신의 육체를 탐하고 의도적으로 문제를 일으킨 색마였고, 이제는 황궁무고에 침입하고 도둑질을 한 위선자인 것이다.

그녀가 그런 생각에 빠져서 치를 떨고 있을 때, 기무결은 자연스럽게 상자를 자신의 품속에 챙겨 넣었다. 왕혜령이 뻔히 두 눈을 뜨고 있는 상황에서 도둑질을 한 셈이었다.

하나 기무결은 생각보다 너무 쉬워서 하품이 나올 정도였다.

이런 걸 가로채는 건 그에겐 일도 아니었다.

하지만 아직 완전히 끝난 건 아니었다.

어쩌면 지금이야말로 본격적인 시작인지도 몰랐다. 석헌중이 독을 품고 추격해 올 것이 뻔했다.

'그렇다면 손님 맞을 준비를 해야겠지.'

기무결이 왕혜령을 돌아보며 말했다.

"왕 소저께서 좀 도와주셔야겠습니다."

"제가요?"

"언니의 누명을 벗겨주고 싶지 않습니까?"

"하겠어요. 제가 무엇을 도와주면 되죠?"

왕혜령의 눈빛에는 결연한 의지가 묻어 나오고 있었다.

그게 설령 죽는 것이라 해도 기꺼이 하겠다는 무언의 약속이었다.

기무결은 속으로 고개를 끄덕였다.

저런 마음과 자세라면 충분했다.

"이제 잠시 후면 석헌중이 들이닥칠 겁니다. 왕 소저는 문 앞에서 기다리고 있다가 석헌중이 나타나면 재빨리 도망을 치십시오."

"예에?"

왕혜령은 설마 이런 부탁을 해올 줄은 꿈에도 생각하지 못했던 터라 멍하니 벌린 입을 다물지 못했다.

"적당히 시간만 끌어주면 됩니다. 그렇다고 석헌중이 물건을 확인하기 전에는 소저를 어찌하지 못할 테니 걱정하지 마시고 잡혀주시면 됩니다."

관건은 시간을 끌 수 있으면 최대한 오래 끌어줄수록 좋다는 것이었다.

기무결은 세부적인 계획을 설명해 주었고, 왕혜령은 알겠다는 듯 연신 고개를 끄덕였다.

四

학습 효과라는 말이 있다.

석헌중은 이미 한 번 물건을 강탈당한 적이 있지 않던가?

그는 기무결의 말이 거짓말이라는 것을 알아차렸을 때 가장 먼저 물건부터 떠올렸다. 왜 그랬는지는 몰랐지만, 왠지 기무결이 물건을 노리고 접근한 것이 아닐까 하는 생각이 들었다.

그리고 기무결이 왕혜령을 데리고 밖으로 나갔다는 주변 사람들의 말에 확신을 하게 되었다.

"으으, 이놈이 죽으려고 환장을 했구나!"

그는 기무결을 떠올리며 이를 갈아붙였다.

감히 다 된 밥에 코를 빠뜨려도 유분수지.

죽여도 곱게 죽이지는 않으리라.

그는 즉시 대은전장으로 달려갔다.

한편, 왕혜령은 아까부터 긴장한 표정으로 석헌중을 기다리고 있다가 그가 나타나자 재빨리 도망치기 시작했다.

그녀는 최대한 시간을 끌라는 기무결의 말에 주변의 지형이나 건물, 그리고 지리적인 이점을 최대한 살렸다.

하나 그 시간이 이각을 채 넘지 못했다.

석헌중의 무공이 배는 더 강한데다 그의 곁에는 마황성을 떠날 때 데려온 세 명의 수하가 있었다.

그들은 그의 오른팔과 같은 심복이었다.

마황성에서 석헌중의 야망을 알고 있는 사람은 그들 세 명밖에 되지 않았다.

그들은 사령신단의 정체까지도 알고 있었다. 그들의 주도하에 천하각지를 돌아다니며 약재와 영물들을 수집해 왔고, 사령신단을 무사히 만들 수 있었던 것이다.

석헌중은 속에서 이는 살기를 억누르고 입가에 살며시 미소를 지었다.

"처제, 나를 못 본 거야? 아까부터 계속 불렀는데 못 들은 것 같아서 말이야."

"퉤! 추악한 놈. 누가 네놈의 처제냐?"

"처제! 뭔가 오해가 있는 모양인데, 나야 나, 천왕세가를 살리기 위해 모든 걸 버리고 찾아온 사람이라구."

"더 이상 그 더러운 거짓말에 속지 않는다. 네놈은 처음부터 언니가 보낸 물건을 찾고 내 모… 몸을……."

왕혜령이 얼굴을 붉힌 채 더 이상 말을 잇지 못했다.

젊은 처녀의 몸으로 차마 그다음 단어를 말할 수 없었기 때문이었다.

하지만 석헌중은 그것만으로도 그녀가 하려던 말뜻을 모두 짐작할 수 있었다.

그는 눈살을 찌푸렸다.

왕혜령이 자신의 정체를 알게 된 것은 확실히 놀라운 일이었다.

하나 언제고 그녀의 몸을 강제로 빼앗을 때 자신의 정체도 밝혀질 터, 그게 조금 앞당겨졌다고 생각했다.

그러고 보니 그녀가 대은전장 입구에 있다가 도망친 것이 떠올랐다. 물건을 찾아서 나오는 것일 수도 있었고, 찾으려고 들어가는 것일 수도 있었다.

그는 황급히 왕혜령의 품속을 뒤져 보았지만, 물건은 보이지 않았다.

"흐흐, 끝까지 모르길 바랐는데 조금 의외로군. 물건은 어디에 있느냐?"

"퉤! 더러운 놈."

그때까지도 왕혜령은 마음 한켠으로 제발 기무결의 말이

틀리기만을 기도했지만, 석헌중은 본색을 드러냄과 동시에 말투까지 천박하게 변했다.

왕혜령은 그동안 석헌중의 위선에 속은 걸 생각하고 치를 떨었다.

석헌중은 왕혜령을 앞장세워 대은전장으로 향했다.

"빠드득! 네년이 살고 네년 아버지와 천왕세가가 살려면 물건이 제자리에 남아 있어야 할 것이다."

五

그 시각 기무결은 여전히 대은전장의 밀실에 남아 있었다.

그는 밀봉되어 있던 노란색 종이를 모두 제거했다.

그의 계획은 이랬다.

왕혜령이 시간을 벌어주는 동안 그는 상자 안에 있는 물건만 쏙 빼고 처음 밀봉한 상태로 상자를 되돌려 놓는 것이었다.

물론 결코 쉬운 일이 아니었다.

보통 사람들은 감히 생각도 할 수 없는 일이었다.

이는 주로 황실이나 군대에서 사용하는 수법으로 한 번 개봉하면 아무리 복구를 하려 해도 흔적이 남게 마련이다. 노란색 밀봉 종이가 뜯어지는 건 물론이고 그 위에 새겨진 글자 역시 반으로 잘라지기 때문이었다.

하지만 기무결은 이런 식의 위조에 대해서도 어느 정도 경험이 있었다.

석헌중의 눈을 완벽하게 속이려면 조금의 실수도 용납하지 않는다.

그는 밀봉 종이를 아예 제거하고 새로운 밀봉 종이로 대체할 생각이었다. 그리고 그 위에 새겨진 글자까지 똑같이 흉내낼 수 있다면 석헌중은 물론이고 귀신까지도 감쪽같이 속아 넘어갈 수밖에 없을 터였다.

"시간이 별로 없군."

기무결은 즉시 상자의 뚜껑을 열었다.

"응?"

상자 안에는 엄지손가락만 한 크기의 단환이 들어 있었다.

전혀 예상하지 못한 일이었다.

어찌 그렇지 않겠는가?

그는 상자 안에 무림의 안위를 위협할 무언가가 들어 있다고 생각하고 있었다. 그렇다면 적어도 가공할 위력이 담긴 화탄이나 제조 방법이 적힌 설계도면이라도 들어 있을 줄 알았던 것이다.

거무튀튀한 빛을 발하는 단환에서 청량한 향기가 흘러나오고 있었다. 단환의 색깔만 보면 왠지 독이 들어 있을 것 같지만, 향기를 보면 또 그런 것 같지도 않았다.

단순히 향기를 맡았을 뿐인데도 기무결은 가슴속이 시원

해지고 단전이 충만해지는 기분을 느꼈다.

그가 어찌 이것이 사령신단이라는 것을 알겠는가?

사령신단은 말 그대로 사의 기운을 모두 집결한 것이었다. 때문에 정신력이 강한 사람도 사령신단을 복용하면 사이한 기운에 사로잡혀 생각은 물론 마음도 변하게 된다.

하지만 한 번 복용하면 신과 같은 능력을 얻게 된다고 해서 신단이라 불렀다.

킁킁!

기무결은 상자를 코앞까지 가져와 냄새를 맡았다.

아무리 봐도 사령신단에 독이 들어 있는 것 같지는 않았다.

하기야 독이 들어 있는 걸 이렇게까지 신주단지 모시듯 보관했을 리 없을 것이고, 석헌중이 기를 쓰고 찾으려 하지도 않았을 터였다.

기무결은 호기심이 일어 살짝 맛만 보려고 사령신단에 혀를 갖다 대었다.

바로 그 순간이었다.

솜이 물을 빨아들이듯 사령신단이 빠르게 혀 속으로 녹아드는 것이 아닌가?

기무결이 화들짝 놀라 고개를 들었지만, 그때는 이미 엄지손가락 크기의 사령신단이 모두 혀 속으로 스며든 뒤였다.

설령 물이라도 이렇게까지 흡수가 빠르지는 못할 것이었다.

"아, 안 돼!"

기무결은 뭔가 일어날 것 같은 생각에 속으로 잔뜩 긴장했다.

하나 시간이 조금 흘렀는데도 몸속에서는 아무런 느낌도 없었다.

원래 그것이 사령신단의 특징이었다.

흡수는 세상 그 어떤 것보다 빠르지만, 외부에서 흘러들어오는 막강한 기운이 없으면 결코 몸속으로 스며들지 않는다. 또한 이때 반드시 사황파천신공에 적혀 있는 내공심법을 읊조리며 운기행공을 해야 한다.

그것을 알 리 없는 기무결은 왠지 싱거운 기분이 들었다.

그래도 혹시 모르는 일.

기무결은 천지기하천하무적공으로 전신의 혈맥을 살펴보았다.

그렇게 빨리 흡수되었던 것이 아무런 흔적도 없이 증발했다는 것이 도통 믿기 어려웠던 것이다.

우르릉!

그때, 난데없이 천둥이 치고 벼락이 떨어지는 듯한 소리와 함께 그의 몸속에서 가공할 기운이 뻗어 나오는 것이 아닌가?

"윽!"

기무결이 중심을 잃고 비틀거렸다.

혀끝에서부터 시작된 어둡고 사이한 기운이 머릿속을 뒤

흔드는가 싶더니 이내 전신으로 퍼져 가기 시작했던 것이다.
"으으."
거대한 불덩이가 온몸을 마구 들쑤시고 있는 것 같았다.
기무결은 금방이라도 온몸이 재가 되어 사라질 것 같은 고통에 괴로워했다.
하지만 그것보다 더 고통스러운 것은 머릿속을 가득 채운 어둡고 사이한 기운이었다.
기무결은 깊은 나락으로 추락해서 영원히 어둡고 사이한 기운에 잠식당할 것 같은 절망감에 사로 잡혔다.
바로 그 순간 단전에서 두 줄기 기운이 솟구쳐 올라왔다.
그건 천지기하천하무적공과 천무은행잠종대법이었다.

六

"으음."
영원히 계속될 것만 같던 고통이 사라지고 온몸이 날아갈 듯 상쾌했다.
그리 오랜 시간이 지난 것 같지는 않았지만, 체감 시간이라는 것이 있다. 그 끔찍한 고통에 영겁이란 시간이 흐른 것 같았다.
기무결은 서서히 자리에서 일어섰다.
여전히 마음 한켠에는 두려운 느낌이 남아 조심스러웠지

만, 더 이상 그를 괴롭히던 거대한 불덩이 같은 기운은 찾아볼 수 없었다. 그러고 보니 머릿속을 마구 뒤흔들었던 어둡고 사이한 기운도 찾아볼 수 없었다.

대신 어마어마한 공력이 단전에서 꿈틀거리고 있었다.

가히 추측할 수조차 없을 정도로 엄청난 양의 공력에 기무결은 덜컥 겁이 날 지경이었다.

원래 기무결의 단전에 있던 공력은 백 년이 조금 넘는 수준이었지만, 지금은 수백 년의 공력으로 불어나 있었다.

기무결은 자신이 또 다른 기연을 맞았다는 것을 깨달았다.

그 기쁘고 감격적인 마음은 이루 말로 표현할 수 없을 정도였다.

하지만 그는 자신이 지옥에 한 발 들여놓았다가 다시 이승으로 되돌아왔다는 사실은 모르고 있었다.

사령신단은 외부에서 막강한 공력이 들어와야 반응을 보인다.

또한 사령신단을 흡수하기 위해서는 사황파천신공에 적혀 있는 내공심법이 필요했다.

한데 기무결은 외부에서 공력이 흘러들어 온 것도 아니었고, 사황파천신공의 내공심법도 없었는데도 사령신단을 흡수한 것이다.

그건 오로지 천지기하천하무적공 때문이었다.

천지기하천하무적공은 모든 무공의 내공심법이라 할 수

있었다. 한마디로 천하의 모든 문을 열 수 있는 만능열쇠라는 뜻이었다.

천하에 존재하는 무공은 반드시 내공심법이 존재하고 이것들을 알아야 공력을 수련할 수 있지만, 천지기하천하무적공은 그 어떤 무공도 조화를 이루어 수련할 수 있도록 도와주었다.

그건 사황파천신공의 내공심법이 없어도 천지기하천하무적공으로 사령신단의 기운을 흡수해서 운기행공할 수 있다는 뜻이었다.

기무결은 이미 천무은행잠종대법을 천지기하천하무적공으로 조화를 이루고 운기행공하고 있지 않던가?

문제는 외부에서 막강한 공력이 흘러들어 오지 않았는데도 사령신단이 스스로 반응을 보였다는 것이었다.

사실 천지기하천하무적공과 사령신단은 각기 정파와 사파를 대표하는 신공이었다.

이 두 개의 성질은 달라도 너무 달랐다. 거기에 기무결의 몸속에는 천무은행잠종대법의 날카롭고 예리한 기운이 흐르고 있었다.

사실 천지기하천하무적공이 모든 무공의 내공심법이 아니었다면 천무은행잠종대법과 조화를 이루어 몸속에서 함께 공존할 수 없었다. 천지기하천하무적공은 장강의 물결처럼 도도하면서도 장중하기 이를 데 없었고, 천무은행잠종대법은 그와는 전혀 성질이 달랐기 때문이었다.

여기에 사령신단은 어둡고 사이한 성질을 띠고 있었다.

이 세 개의 기운은 정파와 마도 그리고 사파를 대표하는 것들로 천하에서 가장 극강하기 이를 데 없었다.

상식적으로 도저히 한데 섞일 수 없었다.

욕심이 지나치면 화를 부르게 마련이듯 위력이 별 볼 일 없는 무공들도 무리하게 익히면 주화입마에 걸릴 수밖에 없는 법이다.

하물며 천지기하천하무적공과 천무은행잠종대법 그리고 사황파천신공은 두말할 나위도 없었다.

기무결이 혈맥을 확인하기 위해 천지기하천하무적공을 일으키는 순간 사령신단은 예외적으로 반응을 나타낼 수밖에 없었다.

사령신단은 세상에 둘도 없는 영단이면서도 영물이었다. 천지기하천하무적공이 자신과 상반된 성질을 가지고 있다는 것을 간파하고는 자신을 지키고 천지기하천하무적공을 몰아내기 위해 반응을 일으켰다.

그렇게 싸움이 시작되었던 것이다.

천지기하천하무적공과 천무은행잠종대법의 기운이 한편이 되어 사령신단의 막강한 기운과 피할 수 없는 경천동지할 전쟁이 벌어졌다.

처음에는 사령신단의 기운이 우세했다.

한 번 몸속에 흡수가 되면 수백 년의 공력이 생길 정도로 강력한 힘이 농축되어 있었으니 어쩌면 당연한 일이었다.

기무결이 처음 머릿속에 어둡고 사이한 기운에 잠식당한 건 바로 이 같은 이유 때문이었다.

하지만 천지기하천하무적공과 천무은행잠종대법의 연합군의 반격도 만만치 않았다. 그들은 상대적으로 힘에서 밀렸지만, 서로 각기 다른 능력으로 사령신단의 기운을 압박했다.

먼저 천지기하천하무적공은 조화의 능력으로 사령신단의 힘을 흡수하려 했고, 천무은행잠종대법은 송곳처럼 날카롭고 예리한 기운으로 사령신단의 중심을 뚫고 들어가려 했다.

힘의 열세는 합공으로 극복했다.

그리고 세 개의 기운이 팽팽하게 대치를 하자 마침내 천지기하천하무적공의 만능열쇠 능력이 더욱 빛을 발했다.

그건 기적에 가까운 일이었다.

만약 기무결이 천지기하천하무적공만 알고 있었던가 아니면 천무은행잠종대법만 익히고 있었다면 결코 사령신단을 온전히 자신의 것으로 흡수하는 일은 벌어지지 않았을 것이었다.

기무결은 새로운 세상을 경험하고 있는 기분이었다.

예전에도 그는 마음만 먹으면 무엇이든 할 수 있을 것 같았지만, 지금은 비교할 수조차 없었다.

"응?"

기무결이 갑자기 귀를 쫑긋거렸다.

정신을 집중한 것도 아닌데 사방에서 사람들의 목소리가 들려오기 시작했다.

그것이 너무 또렷해서 마치 옆에서 대화하는 것 같았다.

하지만 조금만 집중하면 시장에서 물건을 파는 장사꾼들의 목소리와 객잔에서 음식을 주문하는 사람들의 목소리라는 것을 알 수 있었다.

기무결은 두 눈을 크게 치떴다.

객잔은 적어도 삼백 장은 떨어진 곳에 있었고, 시장은 십 리 정도 떨어진 곳에 있었다.

지금도 이런데 만약 정신을 집중하면 얼마나 먼 곳까지 듣고 볼 수 있을지 몰랐다. 신의 능력이라 일컬어지는 신화경이 이런 것일까?

기무결은 정말 자신이 신이라도 된 것 같은 기분이었다.

그렇다고 이게 꼭 좋은 것만도 아니었다. 사방에서 들려오는 사람들의 목소리에 머릿속이 어지러웠던 것이다.

기무결이 음파를 차단하려 했다.

그때, 낯익은 목소리들이 들려오기 시작했다.

"흐흐, 끝까지 모르길 바랐는데 조금 의외로군. 물건은 어디에 있느냐?"

"퉤! 더러운 놈."

"빠드득! 네년이 살고 네년 아버지와 천왕세가가 살려면 물건이 제자리에 남아 있어야 할 것이다."

바로 왕혜령과 석헌중의 대화였다.

거리 측정이 가능할 리 없지만, 대략 십 리 안에 있는 건 틀림없었다.

"시간이 별로 없군."

기무결은 서둘러 상자를 밀봉하기 시작했다.

七

사람은 자신이 보고 싶은 것만 보고 듣고 싶은 것만 듣는다.

지금 석헌중도 그랬다.

그가 왕혜령을 앞세워 대은전장에 도착한 순간 상자를 들고 밖으로 빠져나오던 기무결과 정면으로 맞닥뜨렸던 것이다.

우연도 이런 우연이 없었다.

평소라면 의심부터 들었을 것이다.

그가 왕혜령을 쫓고 대은전장까지 다시 돌아오는 데 적어도 삼각(45분)의 시간이 걸렸기 때문이었다.

하지만 지금 그의 눈은 오직 상자에만 향해 있었다.

밀봉 상태는 깨끗했다.

어느 한 군데도 뜯어진 흔적이 없었고, 그가 직접 적어놓은 글씨들도 똑같았다.

'그렇다는 건 아직 뜯어보지 않았다는 뜻이군.'

석헌중은 안도의 한숨을 내쉬었다.

사령신단을 이렇게 밀봉해 둔 이유는 사령신단은 영단이면서도 영물이기 때문에 공기에 닿으면 그 효과가 약해지기 때문이었다. 해서 당장 복용할 것이 아니라면 밀폐된 곳에 꽁꽁 봉해두어야만 했던 것이다.

석헌중이 왕혜령을 인질로 삼고 재빨리 기무결의 앞을 가로막았다.

"이 계집을 살리고 싶으면 그 상자를 당장 넘겨라."

세 명의 수하도 길목을 차단하고 나섰다.

기무결은 어느새 포위된 형국이었다.

왕혜령은 실망한 나머지 얼굴에 고스란히 감정이 묻어 나왔다.

그녀에게 지금 자신이 인질이 된 것은 중요한 게 아니었다.

사실 이 시간쯤엔 기무결이 벌써 상자를 갖고 도망쳤을 줄 알았다. 그리고 처음 기무결에게 최대한 멀리 도망가라는 말을 들었을 때 가장 먼저 떠올린 것도 기무결이 도망갈 시간을 벌기 위해서라고 생각했었다.

남자가 되어 여자를 내세워 도망친다는 것은 결코 자랑스러운 일이 아니었다.

하지만 그녀가 생각해도 그 방법밖에 없어 보였고, 그래서 아무 내색 하지 않고 기꺼이 기무결의 뜻에 따라주었던 것이다.

한데 기무결은 여전히 대은전장을 떠나지 않고 있었다.

더구나 밀봉 상태도 깨끗해서 뜯어본 흔적도 없었다. 그렇다면 지금까지 밀실에서 무얼 하고 있었는지 황당하기 짝이 없었다.

'이런, 바보 같은…….'

第五章
신화경

一

계획은 완벽했고, 덫은 훌륭했다.

거기에 미끼인 왕혜령마저 감쪽같이 속아 넘어갈 정도니 석헌중은 두말할 나위도 없었다.

상자는 텅 비어 있어서 쓰레기나 마찬가지였다.

하지만 내놓으란 말에 순순히 내주면 그건 바보 멍청이일 것이었다. 이럴 때일수록 더 주지 않으려고 해야 상대가 믿는 법이다.

기무결은 상자를 쉽게 내놓으려 하지 않았다.

석헌중은 들고 있던 검을 왕혜령의 목에 더욱 가까이 들이밀고 기무결을 압박했다. 어느새 검날이 살갗을 찢고 목에서 피가 흘러내렸지만, 왕혜령은 신음 한 번 지르지 않았다. 오히려 그녀는 자신은 신경 쓰지 말고 상자를 가지고 도망치라고 소리쳤다.

짝!

"닥치지 못해?"

석헌중이 왕혜령의 뺨을 후려갈겼다. 왕혜령의 얼굴이 옆으로 홱 젖혀졌다. 그런 그녀의 입술이 찢어져 피가 흘러내렸다.

"셋을 셀 때까지 상자를 내놓지 않으면 이 계집의 목에 구멍이 생길 줄 알아라. 하나!"

석헌중의 얼굴은 악마처럼 변해 있었다.

"둘!"

"자, 잠깐!"

기무결이 그제야 더 이상 견디지 못하는 척하며 상자를 바닥에 내려놓았다.

"상자를 줄 테니까 왕 소저를 넘겨라."

"흐흐, 좋다. 이 계집을 여기에 두고 물러날 테니 네놈도 상자를 그곳에 두고 물러나라."

그러고는 왕혜령의 마혈을 찍어 움직일 수 없게 만들었다.

자신의 본색을 알고 있는 왕혜령을 죽여 증거를 인멸하는 것도 중요했지만, 일단은 상자를 먼저 찾는 게 중요했다. 왕혜령을 제거하는 건 상자를 찾고 난 이후였다.

기무결은 고개를 끄덕이며 뒤로 몇 걸음 물러났다.

하지만 한 손에 암기를 들고 상자를 겨냥했다. 혹시라도 석헌중이 중간에 딴짓을 하면 상자를 파괴하겠다는 무언의 협박이었던 것이다.

그건 석헌중 역시 마찬가지였다.

그는 세 명의 수하와 함께 왕혜령 주변에서 물러나면서도 검끝으로는 계속 왕혜령을 겨냥하고 있었다.

그렇게 그들이 각기 십여 걸음 물러났을 때였다.

기무결은 왕혜령을 향해 몸을 날렸고, 석헌중과 세 명의 수하는 상자를 향해 몸을 날렸다.

"크하하핫!"

석헌중은 상자를 손에 넣고 감격에 겨워 크게 웃었다.

그는 천하를 손에 넣은 것처럼 온몸이 흥분으로 가득 찼다.

원하는 물건을 찾았으니 이제 거칠 것이 없었다.

그가 세 명의 수하에게 눈짓으로 기무결을 가리키며 신호를 보냈다. 기무결과 왕혜령을 죽여 증거를 인멸하라는 뜻이었다.

세 명의 수하가 고개를 끄덕이고 한 걸음 내디뎠다.

하지만 더 이상 대형을 이루거나 기무결을 포위하지 않고 한데 모여 있었다.

그건 곧 합공을 하지 않겠다는 뜻이었다.

사실 그들은 석헌중의 하인을 자처하며 지냈지만, 개개인의 능력은 결코 석헌중에 뒤지지 않았다.

혈비삼로.

천하에 그들보다 강한 하인은 없었다.

또한 그들을 비천한 하인이라고 놀리는 간 큰 사람도 없었다.

그들은 각기 암기술과 도법, 그리고 검법에 대단한 조예를 가지고 있어서 능히 일파의 장문인과 그 실력을 견줄 수 있을 정도였다.

하나 피를 즐기는 잔혹한 성격이 문제였다.

무림맹은 그들을 무림공적으로 공포하고 추격대를 편성했다.

한 손이 열 손을 당할 수 없듯 혈비삼로의 능력이 아무리 뛰어나도 무림맹을 당할 수는 없었다. 그들은 오태산 일대에서 무림맹의 추격대에 포위되어 죽기 일보 직전이었다.

바로 그때, 그들을 살려준 사람이 바로 석헌중의 외가였다. 그것이 인연이 되어 몇 년 전부터 석헌중의 하인을 자처하며 지내오고 있었다.

二

혈비삼로는 처음부터 기무결 따위는 안중에도 없었다.

그저 어디서 듣도 보도 못한 약관의 청년일 뿐이었다.

게다가 생각보다 행동도 굼떠서 아직까지 대은전장을 벗어나지 못했다. 자신들이 이곳으로 올 줄 예상하지 못했던 것이리라. 확실히 애송이 티를 팍팍 풍기고 있었다. 이런 일에 굳이 자신들이 나서야 하는지 의구심이 들었지만, 이왕 나선 이상 기무결은 산목숨이 아니었다.

"어떻게 죽고 싶으냐?"

"자비를 베풀어줄 테니 자결을 해라."

"우리 손에 걸리면 네놈은 죽고 싶어도 죽지 못하게 될 것이다."

기무결에게 자비를 베풀려는 것이 아니었다. 자신들의 손에 피를 묻히기에는 기무결이 너무 애송이란 생각이 들었기 때문이었다.

왕혜령은 이미 모든 것을 체념한 상태였다. 어쩌면 그들의 말마따나 그들이 손을 쓰기 전에 자결을 하는 게 고통 없이 죽는 길일 수도 있다는 생각이 들었다.

하지만 그녀는 끝내 미련을 버리지 못하고 상자를 쳐다보았다.

그 안에 무엇이 들었기에 석헌중이 저토록 집착을 하는지 궁금했다. 그러다 다시 모든 원망이 기무결에게 향했다.

바로 그때였다.

그녀의 등 뒤에서 한 줄기 따듯한 기운이 흘러들어 온다 싶더니 어느새 막혀 있던 마혈과 아혈이 풀리는 것이 아닌가?

"이봐요, 당신! 도대체 무슨 생각으로……."

그녀가 기무결을 쳐다보고 단단히 따져 물으려고 하다 말고 멍청한 표정으로 기무결을 쳐다보았다. 처음에는 화가 나서 깊이 생각하지 못했었는데, 불현듯 기무결이 자신의 몸에 일절 손을 댄 적이 없었다는 것이 생각났다.

한데도 마혈과 아혈이 풀렸다는 건 한 가지밖에 없었다.

바로 격체진력이었다.

이는 허공을 격하고 혈도를 푸는 것으로 그야말로 극상승의 고수만이 할 수 있는 상승의 수법이었다.

원래 혈도라는 것은 간단해 보여도 각자 자신만이 알고 있는 독특한 방법으로 점하기 때문에 그 방식을 모르면 결코 풀어줄 수 없다.

하물며 허공을 격하고 혈도를 푸는 건 두말할 나위도 없는 것이다.

기무결은 그녀를 지나쳐 앞으로 두어 걸음 걸어가 혈비삼로와 마주했다.

그의 몸속에서 압도적인 기운이 흐르고 있었다. 세상을 온통 집어삼키고도 남을 것 같은 기분에 기무결은 오른쪽 팔을 앞으로 쭉 내밀었다. 그리고 살짝 힘을 주어 혈비삼로를 끌어당겼다.

"으헉?"

혈비삼로의 입에서 경악성이 터져 나왔다.

그들의 몸이 자신의 의지와는 상관없이 질질 끌려가고 있었던 것이다.

그들은 두 발에 힘을 주고 천근추의 수법으로 대항해 보았지만 그야말로 속수무책이었다.

"이, 이런 말도 안 되는……."

바닥에는 그들이 끌려온 발자국이 깊게 패여 있었다.

흔히 강호에 격공섭물이라 부르는 절정의 수법이 있다.

지금 기무결이 사용한 것이 바로 격공섭물이었다. 이는 내공을 이용해 멀리 떨어진 물건을 취하는 것으로 어지간한 고수들도 흉내 내기 어려운 절기였다.

하지만 이건 일반적인 격공섭물과는 차원이 달랐다.

격공섭물에는 한계가 있다. 아무리 공력이 뛰어나도 무게가 제법 나가는 것은 끌어당기기 어려웠고, 설령 가벼운 물건이라 해도 거리가 너무 멀면 이 또한 불가능한 일이었다.

삼 장 정도 떨어진 곳에서 검이나 칼을 끌어당길 수 있다면 사람들은 대단한 능력이라며 혀를 내두르게 마련이다.

한데 기무결은 무려 혈비삼로를 동시에 끌어당긴 것이다.

도저히 상상할 수 없는 상황에 왕혜령은 두 눈을 몇 번이나 비벼야 했고, 석헌중은 숨이 멎는 듯한 충격에 빠졌다.

그들은 들어본 적도 없었다. 인간의 공력이 아무리 강해도 절정의 고수 세 명을 동시에 끌어당긴다는 것은 고금 이래 처음 있는 일이었다.

三

놀랍고 당혹스러운 것은 혈비삼로 역시 마찬가지였다.

혈비삼로는 이를 악물었다. 아무리 발악을 해도 기무결의 손에서 벗어날 수 없었다. 그들은 너무도 무기력한 모습에 자신들이 어린아이가 된 것 같은 착각마저 일었다.

"으으."

"우릴 무시하지 마라."

그들은 일제히 무기를 뽑아 들고 기무결을 향해 몸을 날렸다. 격공섭물의 끌어당기는 힘을 이용해 몸을 날리자 그 속도는 시위를 떠난 화살보다 더 빨랐다. 한 줄기 빛살처럼 인간의 육안으로는 보이지 않을 정도였다.

"네놈은 실수한 것이다."

"네놈을 세상에서 가장 잔인한 방법으로 죽여 버리겠다."

쇄애애액!

과연 한때 무림을 떠들썩하게 만들었던 혈비삼로다운 솜씨였다.

수십 개의 암기가 기무결의 얼굴을 노리고 날아들었다. 그와 동시에 매서운 바람을 휘날리며 한 자루 칼이 상체를 휘감았고, 새하얀 빛을 발하며 매서운 기세로 한 자루의 검이 하체를 쓸어오고 있었다.

기무결은 살짝 눈살을 찌푸렸다.

혈비삼로의 임기응변이 대단해서가 아니었다. 오히려 그들의 움직임이 생각보다 너무 느려서 처음에는 그들이 장난을 하는 줄 알았다.

하지만 이런 상황에서 죽고 싶어 환장한 것이 아니라면 일부러 움직임을 느리게 할 바보가 있을 리 없었다.

기무결은 새삼 자신이 신의 경지라 일컬어지는 신화경에 들어섰음을 깨달았다. 단순히 청각만 예민해진 것이 아니라 안목 역시도 인간의 한계를 초월한 것이다.

기무결은 즉시 분심쌍격을 펼쳤다.

오른 손가락을 거문고 연주하듯 부드럽게 튕겨 수십 개의 암기를 모두 쳐냈다. 그리고 왼 손가락으로 칼을 튕겨낸 다음 검을 쳐냈다.

띵! 띠리링!

하늘 위로 아름다운 금속성이 연이어 울려 퍼졌다.

사람들은 아마 둔탁한 비명이 아니었다면 누군가 금속 악기로 연주를 하고 있다고 생각했을 것이었다.

"크윽!"

"으윽!"

칼과 검을 휘둘렀던 이로가 피를 뿌리고 뒤로 튕겨져 나갔다.

기무결은 가볍게 손가락을 튕겼을 뿐이지만, 그들이 받은 압력은 수만 근의 바위가 온몸을 짓누르는 것과 비슷했다.

힘의 수치와 분심쌍격의 위력은 정비례한다.

공력이 폭증해 신의 경지에 이르자 분심쌍격은 그야말로 천의무봉, 완벽한 경지에 이른 것이다.

예전이라면 할 수 없는 일이었지만, 지금은 오른손으로 수십 개의 암기를 쳐낸 다음 곧장 팔을 쭉 뻗어갔다.

그것이 너무도 빠르면서도 자연스러워서 마지막 일로는 피할 수조차 없었다.

"켁!"

기무결이 그자의 목을 움켜잡았다.

그자는 어린아이처럼 기무결의 손에 대롱대롱 매달린 신세가 되고 말았다.

"자결은 싫고 그대들 손에 죽는 것도 어려울 것 같은데 세 번째 방법은 없소?"

기무결이 빙긋 웃으며 속삭였다.

그것이 일로에게는 저승사자의 그것처럼 소름끼치도록 공포스러운 것이었다.

四

"세, 세상에……."

왕혜령은 하도 어이가 없어서 자신이 지금 헛것을 보고 있다고 생각했다.

혈비삼로는 무림에서 악명이 자자한 자들이었다.

지금은 석헌중의 하인이 되어 그 옛날의 살기가 많이 사라졌다고는 하지만 가진 재주까지 사라진 것은 아니었다.

일각에서는 그들이 어지간한 일파의 장문인과 어깨를 견줄 정도의 고수라 말하고 있었다.

방금 보여준 동작은 또 어떻던가?

왕혜령은 감히 흉내조차 낼 수 없는 것들이었다.

한데, 그런 그들이 마치 세 살 먹은 어린아이가 된 것처럼 기무결의 가벼운 손짓 한 번에 쓰러지고 말았으니 충격과 공포 그 자체였다.

석헌중은 상자를 손에 넣었을 때만 해도 입가에 웃음이 넘쳐흘렀다.

하지만 기무결이 가공할 격공섭물로 혈비삼로를 끌어당겼을 때 입가에 흐르던 미소가 싹 지워졌다.

그리고 손짓 한 번에 혈비삼로가 와르르 무너졌을 때는 이미 제정신이 아니었다.

'으으, 인간이 아니다.'

이빨이 딱딱 떨렸다.

스스로도 마도제일기재라 생각하며 천하에 거칠 것 없이 지내왔던 그가 누군가에게 두려움을 갖는 건 난생처음이었다.

그의 자존심에 누군가에게 기세만으로도 밀린다는 건 있을 수 없는 일이었다.

하물며 싸움에서 패한다는 것은 말도 안 되는 일이었다.

한데 지금 그 말이 안 되는 일이 벌어지고 있었다.

아무리 생각해도 자신 혼자 기무결에게 덤벼든다는 건 계란으로 바위를 치는 격이었다.

자존심이 상하고 분하고 화가 났지만 그건 엄연한 사실이었다.

하나 와신상담이라 하지 않던가?

그에게는 상자가 있었다. 그 안에 든 사령신단을 복용하고 사황파천신공을 대성하면 오늘의 치욕은 언제든 갚아줄 수 있다.

석헌중은 더 이상 생각할 것도 없이 바닥을 박차고 달아나기 시작했다.

사령신단의 능력을 완전히 흡수하기 위해서는 막강한 공력을 지닌 고수가 필요하다. 그런 의미에서 그의 아버지 석대공과 그의 의형제들만큼 좋은 재물도 없었다.

'가자! 마황성으로.'

하지만 그는 꿈에도 알지 못했다.

기무결이 그의 뒷모습을 비릿한 조소를 흘리며 바라보고 있다는 것을 말이다.

五

마황성이 자리한 성양산.

마인들에게는 마령성지라 불리는 곳이었다.

성양산은 염제 신농씨와 관련이 깊은 곳으로 예전부터 신농원약초산이라고도 불렸다.

지금 성양산 일대는 수많은 마인으로 북적거렸다. 그들에겐 공통점이 있었다. 하나같이 날카롭고 예리한 눈빛을 지닌 절정의 고수라는 것과 그들의 품에 마황령이 있다는 것이었다.

마황령!

마도무림에는 수많은 문파가 있는데, 그중 마황성을 지탱하는 유력한 가문과 문파가 백 개가 있었다. 일각에서는 그들 문파를 백대마가로 불렀다.

마황령은 그들 백대마가를 소집할 수 있는 소집영패였다.

그 안에 담긴 의미는 결코 작지 않았다.

누군가 불순한 마음을 먹고 백대마가를 소집해서 정파와 전쟁을 치르겠다고 하면 충분히 그럴 수 있는 것이 마황령이었다. 다행히 아직까지 마황성에서 마황령이 발동된 적은 없었고, 그로 인해 정파와 전쟁을 벌인 적도 없었다.

그런 마황령이 지금 발동된 것이다.

그래서일까?

성양산 일대는 팽팽한 긴장감이 감돌고 있었다.

마인들의 얼굴에는 무림맹과의 전쟁을 각오한 듯 결연한 의지가 떠올랐다. 정마대전이 벌어진 건 백 년도 더 된 일이지만, 마침 무료함에 찌든 마인들은 오히려 잘됐다며 한껏 기세를 올렸다.

마도무림 내에서는 무림맹과의 전쟁이 거의 기정사실로 받아들여지고 있었다.

마황성에는 성주인 석대공과 그의 의형제인 마황칠패가 있다. 그에 반해 무림맹에는 제갈무외를 필두로 정천구룡이 있었다.

오래전부터 그들은 정파와 마도를 대표하는 극강의 고수로 통하고 있었고, 말하기 좋아하는 자들은 그들이 싸우면 과연 누가 이기는지를 놓고 격론을 벌여왔었다.

정파에서는 당연히 정천구룡이 근소한 차이로 이긴다고 말했고, 마도무림 쪽에서는 석대공과 마황칠패의 압도적인 우세를 예상했다.

하지만 매번 결론을 내리지 못하고 끝날 수밖에 없었다.

모든 것이 상상으로만 예측할 수밖에 없었기 때문이었다.

그러던 것이 마황령의 발동으로 드디어 상상 속으로만 가능했던 일들이 벌어지려 하고 있었다.

六

기무결이 성양산 일대로 들어선 것은 미시(오후 1~3시) 무렵이었다.

그는 조심스럽게 움직였다. 마인들은 성정이 불같고 호승심이 강한데다 사소한 일에도 감정이 폭발해 싸움이 벌어지기 쉬웠다. 막말로 말년 병사가 떨어지는 낙엽도 조심하듯 기무결은 매사에 조심해서 나쁠 게 없었다.

더구나 그는 마인도 아니었고, 아는 사람도 없었다.

낯선 그를 보고 누군가 시비를 걸어오면 충분히 낭패를 볼 수도 있었다.

이게 말이 되냐고?

마인들 세계에서는 아무것도 아닌 일에 시비를 걸고 싸움이 일어나는 것이 얼마든지 가능한 일이었다.

"으음. 여기까지 올 줄은 몰랐다."

저 멀리 성양산 자락에 우뚝 솟아오른 마황성의 모습이 보였다. 무림맹만큼이나 전각이나 주변을 두른 담장들이 엄청난 위용을 자랑하고 있었다.

기무결은 잠시 망설였다. 가급적 마황성 안에는 들어가고 싶지 않았다. 마황령이 발동된 지금 어쩌면 철산호도 와 있을지 몰랐다. 혹시라도 그와 마주치게 된다면 상당히 곤란한 일이 벌어질 것은 뻔했다.

그는 다른 사람은 두려울 것이 없지만, 철산호와 철예군에게는 켕기는 것이 많았다.

그나마 다행인 것은 철산호와 헤어진 지금 몇 개월이 지났으니 녹혈무형고가 더욱 발작해 철산호의 목숨이 경각에 달려 있을 거란 점이었다. 그렇다면 철산호는 오지 못했을 가능성이 높았다.

"어쩌면 장례식을 치렀을지도 모르겠군."

그 생각만 하면 왠지 미안해졌다.

철산호는 그에게 분심쌍격이란 무공도 전수해 주었고, 철예군과 결혼을 시켜 풍운산장을 물려주려 하지 않았던가?

"그나저나 철 소저는 침투했던 간세를 모두 척결했는지 모르겠군."

풍운산장을 떠난 직후부터 이런저런 일이 너무 많아서 풍운산장과 관련된 소문은 들어본 적이 없었다.

기무결은 가볍게 한숨을 내쉬고는 이내 마황성 쪽으로 발걸음을 옮겼다. 석헌중의 흔적이 마황성으로 이어지고 있었다. 하긴, 여기까지 도망친 것을 보면 마황성을 놔두고 석헌중이 다른 쪽으로 빠졌을 리는 없었다.

결자해지라 했다.

기소린과 왕소군의 문제를 해결하려면 결국 마황성에 들어갈 수밖에 없다는 뜻이었다.

그의 품속에는 마황령이 있었다.

진품이었다. 결코 위조한 것이 아니었다.

사실 위조를 하려고 해도 진품이 어떻게 생겼는지 알아야 위조를 할 수 있는 법이다.

한데, 마황령은 아직까지 한 번도 발동된 적이 없어서 기무결도 이름만 들었지 실제 어떻게 생겼는지 알지 못했다.

마황령을 위조할 수 없다면 진품으로라도 챙겨야 한다는 뜻이었다.

결국 기무결은 성양산에 들어오는 길목 중 은밀한 곳에 숨어 있다가 너댓명의 사람이 오는 것을 보고는 급히 뛰쳐나와 그들을 덮쳤다. 주변에는 그들밖에 없었고, 너댓 명 중에는 이십 대 청년도 있었다.

그들은 태왕산장의 고수로 태왕산장은 산동성 곡부에서 꽤나 명성을 떨치는 곳이었다.

청년의 이름은 곽희였고, 태왕산장의 소장주였다.

또한 그의 옆에는 태왕산장의 장주인 곽건의도 있었다.

그들은 처음엔 웬 청년 하나가 뛰쳐나와 다짜고짜 시비를 걸기에 황당해서 껄껄 웃었다. 산동성 일대에서 태왕산장을 무시하는 사람은 아무도 없었다. 그건 태왕산장의 극양신공에 한 번 적중당하면 모든 것을 태울 만큼 가공무쌍하기 때문이었다.

하지만 그들은 기무결과 단 일초를 주고받고 난 이후에 공포심에 떨어야 했다. 제아무리 태왕산장의 극양신공이 가공무쌍해도 사령신단을 복용하고 공력이 신화경에 오른 기무결의 적수가 되지 못했다.

"후후! 며칠만 이곳에 있으시오."

기무결은 그들의 혈도를 찍어 움직이지 못하게 만들었다. 그리고는 땅속에 묻고 겨우 숨만 쉴 수 있게 조그만 구멍 몇 개를 뚫어주었다.

기무결은 마황령을 챙겼고, 곽희의 옷을 벗겼다. 그리고 입고 있던 옷을 벗고 곽희의 옷으로 갈아입었다. 허리춤에 곽희의 검까지 차고 나니 대충 곽희의 모습과 비슷하게 변했다.

호랑이를 잡으려면 호랑이 굴에 들어가는 건 당연한 일.

석헌중이 무슨 이유로 다시 마황성으로 돌아갔는지 모르지만, 일단 그를 잡으려면 기무결 역시 마황성으로 들어갈 수밖에 없었다.

"분명 마황성으로 돌아간 이유가 있을 것이다."

그리고 그건 틀림없이 왕소군의 불륜과도 밀접한 연관이 있을 것 같다는 확신이 들었다.

이제 끝이 얼마 남지 않았다.

하지만 상대는 마황성이었다. 어쩌면 지금부터가 본격적인 시작인지도 몰랐다.

七

산문 밖에서 마황령을 검사하고 있었다.

마황령이 없이는 마황성 안으로 들어갈 수 없었고, 마황령을 지참한 자들도 방문첩에 이름을 적고 신분증도 제시해 철저한 신상 조회를 거쳐야 했다.

하지만 기무결은 태연했다.

이런 사태를 대비해 곽희의 신분증도 챙겨 왔던 것이다.

"곽희라… 태왕산장의 소장주로군."

"태왕산장에서는 그대 혼자 온 것인가?"

"아버님과 숙부님 두 분과 같이 오던 길에 조그만 사고가 생겨서 일단 소생 먼저 왔습니다."

검문을 하는 자들은 무슨 일인지는 묻지 않았다.

귀찮게 굳이 알아야 할 필요도 없었지만, 신분이 확인된 이상 그것으로 그들의 할 일은 끝이었다.

"마황령의 율법은 알고 있겠지? 그대가 들어간 이상 뒤에 태왕산장의 장주가 와도 마황성에 들어올 수 없다."

"알고 있습니다."

기무결이 일부러 무거운 표정으로 대답했고, 마황성 안으로 들어갈 수 있는 승인이 떨어졌다.

마황성은 불친절하게도 마황성에 들어온 사람들에게 길을 안내해 주는 시녀 한 명 붙여주지 않았다. 산문에서 검문하던 자들이 그냥 어디로 가라는 말만 하고는 끝이었다. 그 이후에는 기무결이 알아서 찾아가야 했다.

그래도 길을 찾아가는 건 어렵지 않았다.

그냥 앞서 가는 사람들만 따라가면 손해는 보지 않을 것 같았다.

기무결은 일단은 숙소를 확인하고 밤이 되기를 기다릴 생각이었다. 비록 그의 공력이 비약적으로 높아졌다고 해도 백주대낮에 마황성을 돌아다니는 건 발각될 위험부담이 있었다. 한 번 발각이 되면 모든 것이 끝이었다. 평소보다 신중을 기해야 한다는 뜻이었다.

석헌중부터 찾아 나설지 아니면 기소린과 왕소군을 만나볼 것인지 선택이 필요했다.

그는 대충 기소린과 왕소군의 불륜 사건이 어떻게 전개된 것인지 예상하고 있었지만, 그래도 당사자들에게 확인이 필요한 사안이었다. 이게 확정이 되면 그 역시 앞으로 어떻게 대응해야 할지 확신이 들 것 같았다.

하지만 그사이에 석헌중이 무슨 짓을 벌일지 예측할 수 없었다.

다급한 모습으로 하루 길이나 떨어진 마황성을 단숨에 달려온 것을 보면 반드시 당장 처리해야 하는 일이라는 것이다.

더구나 석헌중은 상자를 얻자마자 이곳에 온 것이 아닌가?

'그렇다면 석헌중부터 찾아야 하나?'

기무결이 한창 생각에 빠져 있는 사이 어느새 복마전이라는 전각에 들어섰다.

이곳이 마황령을 받고 찾아온 사람들이 당분간 지낼 거처인 것 같았다.

아니나 다를까.

복마전에 들어서자 총관이 기다리고 있었다.

그는 백발이 성성한 노인이었지만, 두 눈빛에는 강렬한 기운이 흘러나오고 있었다. 그는 마황성의 이십대 고수 중 한 명으로 통하는 무서운 고수였다. 마황성의 총관은 아무나 하는 게 아니었다. 수많은 마인을 관리하고 마황성 내의 질서를 유지하기 위해서는 절세적인 무공을 가지고 있어야 가능한 일이었다.

기무결은 곽희를 떠올리고 그만큼의 기운만 밖으로 흘려보내고 나머지는 몸속으로 갈무리했다.

그는 신화경에 올라선 이후 공력의 조절도 마음대로 할 수 있는 상태였다. 총관의 안목은 무척이나 예리했지만, 그는 기무결이 흘려보낸 기운에 감쪽같이 속았다. 기무결은 아무리 높게 평가해도 일류고수 수준밖에 되지 않았다. 그리고 그 나머지 기운은 총관의 안목으로도 감지할 수 없었다.

"저기로 올라가게."

총관이 가리킨 곳은 삼 층 끝자락이었다.

방을 배정받는 방식은 선착순이었다. 그건 곧 기무결이 거의 마지막에 도착했다는 뜻이었다.

총관은 기무결에게 방을 배정해 주고 간략하게 지켜야 할 규칙을 설명해 주었다.

규칙이라고 해봐야 그리 대단한 것은 아니었다. 밥은 어디서 먹고 마황성회는 언제 열릴 것인지. 그리고 필요한 것이 있으면 누굴 통해 연락을 하라는 것이 전부였다.

"후후! 일단은 성공이로군."

팽팽하던 긴장이 풀어졌다.

왠지 총관이 마지막 관문처럼 느껴졌다.

총관까지 속인 지금 자신을 주목할 사람은 아무도 없었다.

八

대충 짐을 정리하고 방 안을 둘러보았다.

손님들이 주로 사용하는 곳인지 별다른 장식품 없이 정갈하기 그지없었다. 기무결은 운기행공을 하면서 밤이 오길 기다릴 생각이었다.

그가 막 침상 위에 앉아 자세를 취하려는 순간 누군가 문을 똑똑 하며 두드렸다.

기무결은 올 사람이 없는데 이상하단 생각을 하면서 문을 열었다.

순간 그의 몸이 딱딱하게 굳어졌다.

"오랜만이군. 곽 공자라 해야 하나? 아니면……."

문 앞에는 익히 알고 있는 사람이 빙그레 웃으며 서 있었다.

기무결은 머릿속이 하얗게 변하는 기분이었다.

어찌 그렇지 않겠는가?

그는 바로 철산호였기 때문이었다.

기무결은 마치 귀신이라도 본 것처럼 두 눈을 크게 치떴다.

"자, 장주께서 여긴 어떻게……."

지금쯤이면 죽었어야 하는 게 아니냐는 말이 나올 뻔한 걸 간신히 참았다.

"후후! 본장주야 당연히 마황령을 받아서 왔지 누구처럼 다른 이유가 있어서 왔겠나?"

철산호는 너무도 정정했다. 두 눈동자에는 더 이상 녹색 기운인 녹혈무형고의 흔적이 보이지 않았다.

"완쾌되셨군요."

"자네가 그리 말하니 꼭 내가 죽기를 바란 사람 같네."

"그, 그럴 리가 있겠습니까?"

기무결은 마음이 조마조마했다.

여기서 철산호를 만난 건 최악의 상황이었다.

그리고 분위기를 보니 자신이 곽희의 신분으로 들어온 것까지 알고 있는 것 같았다.

철산호가 비밀을 폭로하면 그의 계획이 모두 물거품으로 변하는 건 순식간의 일이었다.

第六章 마황령

一

철산호는 녹혈무형고의 고통에서 거의 해방된 상태였다.

천하에 치료약이 없다고 알려진 녹혈무형고.

한 번 중독되면 죽을 수밖에 없다는 녹혈무형고에 중독 당하고도 살아남은 것이다.

이는 철산호의 막강한 공력 덕분이기도 했지만, 철예군의 노력 없이는 불가능한 일이었다.

그녀는 기무결이 떠나고 난 뒤에 풍운산장에 잠입한 간세들을 척결한 한편 연구에 매진해서 끝내 해독약을 개발한 것이다.

하지만 아직 완벽한 것이 아니어서 철산호는 하루에 아침

저녁으로 약간씩 통증을 느끼고 있었지만, 그것도 시간이 흐르면서 점차 약해지고 있었다.

철예군은 처음 약재를 만든 이후 조금씩 그 효능을 진화시켜 나갔다. 철산호는 중독되기 전보다 더 공력이 강해진 상태였다. 약재에는 공력을 증강시켜 주는 효과는 없지만, 녹혈무형고와 오랫동안 싸우면서 그만큼 몸과 마음이 강해진 것이다.

"녹혈무형고가 해독되었다니 정말 다행이로군요."

기무결은 속으로 대경실색했다. 철예군의 능력이 대단하다는 것은 알고 있었지만, 솔직히 이 정도일 줄은 몰랐었다.

"아직 완쾌된 건 아니네. 군아가 만들어준 약재를 매일 아침저녁으로 먹어야 하니 말이지."

"그래도 전보다 훨씬 안색도 좋아 보이고 눈빛도 한층 강해지셨군요. 기연이 생기신 것 같아 소생도 기분이 좋습니다."

기무결은 한눈에 철산호의 상태를 알아볼 수 있었다.

그만큼 그의 공력이 강하다는 뜻이었다.

"자네가 그렇게 생각한다니 의외로군."

"예? 그게 무슨……?"

"자넨 속으로 내가 죽기를 바랐던 것 아닌가?"

"그, 그럴 리가요. 처음 장주님을 보았을 때는 조금 놀란 것이 사실이긴 합니다."

"그럼 왜 도망을 친 건가? 자넨 약속을 어겼어."

"그게 그러니까……."

기무결은 입이 열 개라도 할 말이 없었다.

"자네의 소문은 들었네. 최근 활약이 대단하더군."

철산호가 못마땅한 표정으로 물었다.

끙!

아무래도 신창양가장에서 삼대세가를 물리치고 구룡겁화를 해결한 것을 두고 하는 말 같았다.

하긴, 철산호 입장에서는 충분히 오해할 만했다. 풍운산장을 도망치듯 떠나기 무섭게 일이 생기고 명성이 터져 나오기 시작했으니 왠지 의도한 것처럼 느껴질 수 있는 것이다.

기무결은 더욱 할 말이 없어졌다. 애초에 이곳에서 철산호를 만난 것이 화근이었다.

철산호도 이곳에서 기무결을 만나게 될 줄은 꿈에도 생각하지 못한 일이었다. 간세 문제도 해결이 되고 녹혈무형고도 해독이 되어 어찌 보면 더 이상 기무결이 필요하지 않는 상황이었다.

기무결이 말하지 않고 도망친 건 괘씸한 일이지만, 그래도 팔은 안으로 굽는 법.

잘났든 못났든 모두 그의 자식이었다.

피 한 방울 섞이지 않은 기무결에게 풍운산장을 넘겨준다는 건 그리 쉬운 결정이 아니었다.

다른 사람이라면 이미 마음을 돌렸을 것이었다.

하지만 철산호는 보면 볼수록 기무결이 탐났다. 기무결의 명성이 무림을 진동하면 진동할수록 더욱 놓치고 싶지 않았다. 이런 인재를 정파 나부랭이들에게 빼앗긴다면 그것이야말로 두고두고 한으로 남을 것 같았다.

"그래서 이제 어찌할 텐가?"

"무엇을 말입니까?"

"군아를 어찌할 건가 말이네. 사내대장부가 한 번 말을 했으면 책임을 져야지."

철산호의 말이 무슨 뜻인지 모를 리 없었다.

한마디로 철예군과 세 번을 만나고 철예군이 별로 거부하지 않으면 결혼하겠다는 예전의 약속을 다시 지키라는 소리였다. 철산호와 약속한 것이 있었고, 그가 풍운산장을 도망치듯 떠난 것을 생각하면 결혼까지는 모르겠지만, 세 번 만나는 것은 알겠다고 해야 정상이다.

"그, 그게 그러니까……."

기무결은 선뜻 대답할 수 없었다.

예전에는 그의 이름이 천하에 알려지기 전이었으니 풍운산장과 얽혀도 타격이 그리 크지 않았지만, 지금은 다르다. 일각에서는 그를 일초무적자라고 불렀다.

바로 이게 문제의 시작이었다.

기무결은 이제 정파의 유명인사가 된 것이다.

한데, 그가 풍운산장의 철예군과 연애를 하기 위해 세 번을 만난다면 천하가 발칵 뒤집어질 일이었다.

"아아! 그 문제는 차후에 다시 논하기로 하세."

철산호가 일단 한발 물러섰다.

그는 경험이 풍부한 노강호였다.

때론 지나침이 모자람보다 못할 때가 있는 법.

여기서 조금만 더 기무결을 핍박하면 오히려 상황이 안 좋게 흐를 수도 있다는 것을 알고 있었다. 기무결은 생각할수록 아까운 인재였다. 분명 마도에 더 가까운 성향인데도 한사코 정파에 있으려고 하니 속이 답답하게 느껴질 정도였다.

二

석헌중은 발 빠르게 움직였다.

더 이상 꾸물거릴 이유가 없었다.

그는 마황성에 오자마자 석대공을 찾아갔고, 자신의 숙부들인 마황칠패도 함께 자리에 청했다. 애석하게도 두 명의 숙부가 사건을 해결한답시고 천왕세가로 가서 부재중에 있었다.

석헌중은 속으로 욕을 내뱉었지만, 그래도 지금 현재 있는 사람들의 공력만 갈취해도 그는 천하제일의 고수가 될 수 있었다.

"그래, 우리에게 할 말이 있다는 게 무엇이냐?"

"혹시 천왕세가의 일이라면 더 이상 들을 필요도 없다."

석대공은 물론이고 마황오패 역시 강경하기 짝이 없었다.

이번 일은 마황성의 명예가 걸려 있는 일이었다.

일단 천왕세가를 개미 새끼 한 마리 남겨두지 않고 쓸어버릴 생각이었다.

그리고 기씨세가 역시 그들의 분노를 피할 수 없었다.

하지만 겨우 천왕세가와 기씨세가를 상대하려고 마황령을 발동한 것이 아니었다.

기소린은 무림맹 출신이고 천무서원을 우수한 성적으로 졸업해서 지금 무림맹의 요직에서 활동하고 있는 인물이기도 했다.

그렇다는 건 무림맹도 책임에서 자유로울 수 없다는 뜻이었다.

정마대전!

전쟁은 이제 피할 수 없는 일이었다.

"소자가 드리려던 말씀이 바로 무림맹과의 전쟁에 관한 것입니다. 소자가 무림맹과의 전쟁에 선봉에 설 수 있게 해주십시오."

"오오! 그게 정말이냐?"

"소자도 이번에 깨달은 것이 있습니다. 무조건적인 관용과 용서만이 능사가 아니라는 것을 말입니다."

"잘 생각했다. 너를 짓밟고 마황성을 우롱한 자들에게 관용과 자비 따위는 필요 없는 것이다."

석대공이 장하다는 듯 석헌중의 어깨를 두드려 주었다.

이것으로 마황성의 차기 성주의 자리는 거의 정해진 것이나 마찬가지였다.

무림맹과의 전쟁처럼 중차대한 사안에 선봉을 선다는 건 그만큼 마황성을 대표한다는 것이나 다름없기 때문이었다.

예전이었다면 아마 석헌중은 충분히 만족했을 것이었다.

하나 지금은 누구보다 강해지고 싶었다. 그에겐 사령신단이 있었고, 기무결의 압도적인 신위를 보고 난 이후에는 계속 갈증이 일었다.

"그래서 드리는 말씀입니다."

그리고는 품속에서 상자를 꺼내 탁자 위에 올려놓았다.

"아버님과 숙부들께서 소자에게 협조를 해주실 일이 있습니다."

三

무림맹!

제갈무외의 집무실이었다.

정천구룡이 심각한 표정으로 자리에 앉아 있었다.

그들은 기씨세가를 내주는 것으로 마황성과의 일을 매듭

지으려고 했었다. 때문에 기소린이 잘못되었을 때 그 어떤 행동도 취하지 않았고, 마황성이 하는 대로 그냥 내버려 두었던 것이다.

일각에서는 그런 무림맹의 행동을 무책임하다고 비판하는 사람도 있었지만, 기소린의 잘못을 들춰내고 무림맹을 옹호하는 사람이 더 많았다.

하지만 마황령이 발동되고 순식간에 마황성으로 백대마가가 한자리에 모이자 정천구룡은 크게 당황했다.

새외삼패와의 전쟁을 코앞에 두고 있는 상황이었다.

이제 무림대회가 열리기까지 석 달이 조금 안 남은 상황에서 무림맹과 마황성의 전쟁은 자중지란을 불러일으킬 수 있었다.

"맹주, 어찌했으면 좋겠소?"

"으음."

대화를 청해 사태를 원만하게 해결하기에는 너무 늦은 뒤였다.

무림맹 내에서도 마황성의 행동에 반발하는 움직임이 점차 힘을 받고 있는 실정이었다.

또한 정파의 여론도 언제까지 참고 기다려야 하는지 분노하고 있었다. 이제 무림맹도 마냥 마황성의 행동을 지켜만 볼 수는 없었다.

제갈무외는 표정을 차갑게 굳혔다.

"당장 구파일방의 장문인들과 육문칠가의 가주들을 소집해 주시오."

그 시간부로 정파에 무림패가 돌았다. 이는 무림맹의 직권으로 구파일방과 육문칠가를 소집할 수 있는 절대무상의 영패였다.

四

"그나저나 자네가 여긴 어쩐 일인가?"

철산호가 기무결을 본 것은 마황령을 확인하는 산문 아래에서였다.

처음에는 당장 달려가 풍운산장의 일을 단단히 따져 물으려고 했다가 그만 기무결이 곽희로 변장한 것을 보고 일단 가만히 지켜보기로 했던 것이다. 풍운산장도 도망치듯 떠난 기무결이 마황성에 발을 들여놓을 리 없기 때문이었다.

기무결은 굳이 숨길 이유가 없었다.

오히려 철산호의 도움을 받으면 일이 더 쉽게 해결할 수 있을 것 같았다.

그는 우선 기해극이 의뢰한 기소린과 왕소군의 불륜 사건부터 말해주었다. 그리고 천왕세가에 가서 석헌중을 만난 것과 그가 처제인 왕혜령을 노리고 접근한 일, 또한 왕소군이 맡긴 물건을 찾으려고 했던 일 등을 간략하게 얘기해 주었다.

하지만 사령신단을 먹었다는 말은 하지 않았다. 상자를 얻긴 했지만, 왕혜령이 인질로 잡혀서 어쩔 수 없이 상자를 넘겨주었다고 적당히 둘러댔다.

철산호도 딱히 더 캐묻진 않았다. 단지 그렇게 중요한 상자를 순순히 넘겨주었다는 것이 아쉬웠을 뿐이었다.

"그러니까 지금 석헌중을 쫓아 이곳까지 왔단 말인가?"

"소생의 생각에는 석헌중이 가져간 상자와 기소린 왕소군 두 사람의 불륜은 밀접한 연관이 있습니다."

"으음."

철산호의 입에서 무거운 신음이 흘러나왔다.

기무결의 말은 하나부터 열까지 모든 것이 다 충격적인 것이었다.

불륜 사건에도 뭔가 사연이 있을 수 있다는 것도 놀라웠지만, 석헌중이 지금까지 천하를 감쪽같이 속여왔다는 것은 충격 그 자체였다.

철산호는 가끔씩 마황성에 올 때가 있었고, 그때마다 석헌중을 보곤 했었는데, 총기가 넘치고 인품이 훌륭한 석헌중의 매력에 매번 감탄했기 때문이었다.

'천왕세가의 위기를 구해준다는 것을 빌미로 처제를 능욕하려 했단 말인가?'

그야말로 천인공노할 일이었다.

기무결의 말이 사실인지는 당장 왕혜령을 찾아가 확인하

면 될 터.

기무결이 당장 드러날 거짓말을 했을 리 만무하다.

더구나 석헌중이 천왕세가에 있었다는 것은 소문으로 들어서 알고 있던 일이기도 했다. 그러니 석헌중이 언제 마황성에 돌아왔는지 확인하면 금방 답이 나오는 일이었다.

"자네는 그 상자에 무엇이 들어 있을 거라 생각하는가?"

"솔직히 짐작이 되지 않습니다. 하지만 그 상자가 불륜 사건과 관련이 있다면 나름 짐작 가는 구석은 있습니다."

"그게 뭔가?"

"석헌중이 그 물건을 이용해 아주 불순한 음모를 진행하고 있었고, 왕소군 소저가 사전에 이 같은 사실을 알고 물건을 빼돌린 것이지요."

"으음. 어찌 불순한 음모라고 확신을 하는가?"

"좋은 의도였다면 왕소군 소저가 물건을 빼돌렸을 리 없습니다. 석헌중이 그 물건을 가지고 마황성에 돌아온 것을 보면 분명 마황성과 관련된 엄청난 음모일 가능성이 높습니다."

불순한 음모여야 왕소군이 중간에 물건을 빼돌리는 이유가 성립이 된다. 그리고 석헌중이 물건을 찾기 위해 혈안이 된 것과도 맞아떨어진다.

하지만 문제는 기무결이 상자 안에 있는 물건이 무엇인지 알고 있다는 것이었다.

'그 영단은 분명 공력을 높여주는 것이다. 한데, 이게 불순한 음모와 무슨 상관이 있는 것일까?

기무결은 자신이 결론을 내리고 자신의 또다시 의문을 표했다.

그럴 수밖에 없었다.

분명 자신의 가설에는 한치의 오차도 없었지만, 영단을 떠올리면 꼭 그렇지만도 않았다.

그러면서도 그는 말을 계속하고 있었다.

"석헌중은 뒤늦게 이 같은 사실을 알고 크게 분노했을 겁니다. 상자를 빼앗고 왕소군을 죽이려고 했겠지요. 여기서 왕소군 소저가 선택할 수 있는 건 그리 많지 않습니다. 천하 모든 사람이 석헌중의 인품을 조금도 의심하지 않고 있으니까요."

"그래서 누군가의 보호를 받기 위해 선택한 것이 감옥에 들어가기 위해 불륜을 저질렀다?"

"어쩌면 불륜을 저지른 것이 아니라 한 것처럼 연기했을 가능성이 높습니다."

기무결은 말을 하면서도 자신의 가설을 다시 생각해 보았지만, 모든 면이 딱딱 맞아떨어지는 것을 느꼈다.

사령신단만 빼면 말이다.

그렇게 보면 결론은 딱 하나였다.

사령신단을 이용해서 마황성을 어떻게 할 것 같긴 한데, 그게 무엇인지는 기무결도 짐작하기 어려웠다.

'자, 잠깐?'

기무결은 당시 사령신단을 복용했을 때의 끔찍하게 아팠던 기억을 떠올렸다.

아득한 기억 저편에서 조각조각 끊어져 있어서 의식하지 않고는 쉽게 떠오르지 않는 것들이 조금씩 맞춰지기 시작했다.

사령신단의 강력한 힘에 천지기하천하무적공과 천무은형잠종대법의 기운이 동시에 솟구쳐 나왔었다. 그로 인해 기무결이 신의 경지에 들어서긴 했지만, 아무래도 사령신단은 외부의 기운을 끌어들이는 것 같았다.

"석헌중이 지금 어디에 있는지 알아냈습니다."

기무결이 말과 함께 자리에서 벌떡 일어섰다.

五

마황칠패는 하나같이 개성이 강한 자들로, 성정이 급한 자도 있었고, 하루에 한마디 하는 것도 사치로 여길 정도로 입이 무거운 자도 있었다.

도저히 한데 섞일 수 없을 것 같던 그들이었지만, 처음 만나자마자 마음이 통했고, 그 자리에서 즉시 형제의 연을 맺었다.

그들은 지난 삼십여 년 동안을 함께하면서 무수히 많은 일을 처리하며 강호를 질주했다. 눈만 마주쳐도 서로 무슨 생각을 하는지 알 수 있을 정도로 그들의 우정은 대단했다. 마황칠패는 마황성의 또 다른 상징과도 같은 존재들이었다.

하지만 무림에서는 염라대왕으로 불리고 있었다. 적들에게는 조금의 자비도 베풀지 않았고, 일을 처리함에 있어서는 방해되는 것이 있다면 누구를 막론하고 용서하지 않았다. 일각에서는 마황칠패와 적이 되느니 차라리 감찰총국의 눈 밖에 나는 것이 더 낫겠다는 우스갯소리가 유행처럼 퍼질 정도였다.

그래서였다.

왕척은 화통한 성격의 고수였지만, 지금 마황칠패의 고수 중 두 명이 오고 있다는 소문을 듣고 어찌할 바를 모르고 있었다. 상대는 겨우 두 명에 불과했지만, 그들이야말로 마황칠패 중에서 가장 상대하기 까다로운 자들이었다.

만검비.

그는 마황칠패의 셋째로 쾌검의 달인이었다. 그의 쾌검은 무적이었다. 누구도 그의 쾌검 앞에 일초 이상을 버티 자가 없었다. 하지만 더 무서운 것은 냉철한 성격에 두뇌 판단이 빨라서 거짓말이나 속임수 따위가 통하지 않는다는 것이었다.

그에 비해 육정수는 화급한 성정에 물불 안 가리는 성격인지라 한 번 꼭지가 돌면 석대공조차 감당하기 어려워할 정도였다.

왕척의 몸은 은은하게 떨리고 있었다.

두렵지 않다고 한다면 그건 거짓말일 것이다.

전혀 다른 성격을 가진 만검비와 육정수가 천왕세가에 온다는 것은 그만큼 석대공의 뜻이 확고하다는 의미였다.

이 위기를 구할 수 있는 사람은 석헌중밖에 없었다.

한데, 이 중요한 시기에 정작 석헌중의 모습이 보이지 않았다. 그는 왕혜령에게 석헌중의 행방을 물어보았지만, 의외로 왕혜령의 반응은 차갑기만 했다.

"그 사람의 행방을 왜 저에게 묻죠?"

"그거야 지난 며칠 동안 네가 계속 사위와 같이 있었으니까 묻는 거 아니겠느냐?"

"저도 모르니까 다시는 그자의 이름을 제 앞에서 꺼내지 마세요."

찬바람이 쌩쌩 부는 왕혜령의 모습에 왕척은 적잖이 당황했다.

석헌중이 실수한 일이 있더라도 지금은 그의 도움이 절실하게 필요한 상황.

왕척은 왕혜령을 설득했다.

어지간하면 이해하고 넘어가야 한다고 말했다. 나중엔 그것이 통하지 않자 버럭 화를 냈지만, 그래도 왕혜령은 요지부동이었다.

왕혜령이라고 지금 상황이 얼마나 위태로운지 모를 리 없었다. 풍전등화라는 말로도 부족한 상황이었다. 천왕세가의 기왓장 하나 남지 않고 모두가 죽을 수 있는 상황이었다.

그렇다고 석헌중에게 도움을 청하고 싶은 생각은 없었다.

석헌중의 위선에 놀아난 생각만 하면 치가 떨렸다. 자신을 인질로 삼고 상자를 손에 넣은 건 시정잡배들이나 하는 짓이었다. 그것도 모르고 석헌중을 은인으로 생각하고 감격했던 모습이 그렇게 한심할 수가 없었다.

사실 그녀도 석헌중이 어디로 갔는지는 알지 못했다.

상자를 손에 넣기 무섭게 곧바로 달아났으니까.

하지만 그 모습도 황당하기 짝이 없었다. 혈비삼노가 기무결의 손에 당하는 것을 보고 겁에 질린 모습으로 도주하던 석헌중의 얼굴이 아직도 눈에 선했다.

그건 지금까지 알고 있던 영웅의 모습과는 거리가 멀었다.

치졸하고 비열하기까지 한 모습은 토악질이 나올 정도로 역겨웠다.

'그런 자에게 도움을 청하느니 차라리 죽는 게 나아.'

왕혜령은 눈을 감았다.

문득 그녀의 머릿속에 기무결이 떠올랐지만, 이내 힘없이 고개를 떨구었다.

기무결은 석헌중의 뒤를 쫓아 어디론가 사라졌었는데, 그의 압도적인 무공이라면 벌써 석헌중을 따라잡고도 남았을 것이었다. 왠지 천왕세가로 다시 돌아올 줄 알았는데, 아무리 기다려도 기무결은 돌아올 줄 몰랐다.

처음에는 석헌중을 잡지 못해서 그럴 거라고 자신에게 최면을 걸어보았지만, 상식적으로 그렇게 압도적인 무공을 지닌 사람이 석헌중을 따라잡지 못했을 리 없었다. 분명 자신들을 도와줄 줄 알았었다. 왜 그렇게 생각했는지는 모르지만, 그냥 그럴 것 같았다. 하지만 그녀는 끝내 버림받았다는 생각에 눈물이 흘러내렸다.

六

마황칠패의 석헌중 사랑은 유별나다.

석헌중의 자질이 워낙 뛰어나 어려서부터 이것저것 가르쳐 주긴 했었지만, 대공자였던 석헌성이 주화입마로 죽고 난 이후부터는 무조건 싸고돌았다.

그도 그럴 것이 둘째 공자인 석헌조는 꿈도 야망도 없고 그저 주색잡기에 빠져 세월만 좀먹고 있는 위인이기 때문이었다.

하지만 이번에는 무조건 감싸고 돌 수만은 없는 상황이었다. 석대공이 공식적으로 천왕세가에 선전포고를 한 시점에서 석헌중이 천왕세가를 돕고 있는 건 아무리 좋게 포장을 해도 천하무림에 놀림거리밖에 되지 않았다.

"이게 모두 그자들의 농간일 거요."

육정수는 차마 석헌중을 어쩌지 못하자 모든 책임을 왕척과 천왕세가에게 돌렸다. 당장 천왕세가에 도착하면 물불 안 가리고 뒤집어엎을 기세였다.

만검비는 살짝 눈살을 찌푸렸지만, 딱히 말리지는 않았다.

그들이 천왕세가로 가는 동안 사람들이 떠들어대는 말에 따르면 석헌중과 왕혜령이 상당히 다정하게 지내고 있다고 했다. 접근하기로는 석헌중이 의도를 가지고 한 것이지만, 그들의 생각은 전혀 그렇지가 않았다.

왕혜령은 강북제일미라 불릴 정도로 그 미모가 대단한 미녀.

당연히 왕척이 미인계를 펼쳐 석헌중의 마음을 흐려놓고 있다고 생각한 것이다.

생각할수록 괘씸한 일이었다.

"대형은 중아만 데려오라고 했지만, 이번 기회에 따끔하게 본때를 보여주는 것도 나쁘지는 않겠지."

평소 냉정한 성격인 만검비조차 단단히 화가 난 상태였다.

그 감정이 고스란히 천왕세가에 흘러갔다.

만검비는 평생 이렇게 화가 난 적은 없는 것 같았다.

평소 냉정하기로 유명한 그의 입에서 본때라는 말이 나왔다면 생각보다 더 감정이 쌓여 있다는 소리.

삼십 년 넘게 우정을 쌓아온 육정수도 의외라는 듯 두 눈을 크게 치떴다.

하나 그는 이내 마음에 드는 듯 엄지손가락을 세웠다.

"역시 셋째 형이우. 이왕 말이 나왔으니 이 쥐새끼들을 확실하게 처리합시다."

두 눈을 크게 뜨고 웃어대는 육정수의 모습은 흉신악살이 따로 없었다.

어느새 두 사람이 분노를 토하며 얘기하는 사이에 저 멀리 천왕세가의 모습이 보이기 시작했다.

七

"우리가 협조해 줄 일이라……."

"무슨 일인지 어서 말을 해보거라."

석대공과 마왕오패의 시선이 탁자 위에 있는 상자를 쳐다보았다가 다시 석헌중을 쳐다보았다.

"후후! 이번 일은 아버님과 숙부님들이 꼭 해주셔야 하는 일입니다. 하지만 그전에 잠깐 할 일이 있습니다."

석헌중이 상자를 밀봉하고 있던 노란색 종이를 제거했다.

심장이 두근거리기 시작했다. 이제 사령신단만 먹으면 그는 천하제일의 고수로 거듭날 수 있었다. 문득 그의 입가로 비열한 웃음이 떠올랐다가 사라졌다.

고지가 눈앞에 있었다.

그토록 바라던 일이었다. 자신의 친아버지와 숙부들을 죽이는 일이었지만, 양심의 가책은 전혀 느껴지지 않았다.

석헌중은 마음을 진정시켰다. 아직 바로 본색을 드러낼 때가 아니었다. 사령신단을 먹고 난 이후 흡수하기 전까지 아주 약간의 시간이 필요했다.

그때, 석대공이 의아한 표정으로 물었다.

"그 상자는 무엇이냐?"

"대답은 이 안에 있는 걸 먹고 난 이후 말씀드리겠습니다."

그가 막 상자의 뚜껑을 열려는 순간이었다.

"상자를 열게 해서는 안 됩니다."

다급한 외침과 함께 방 안으로 기무결과 철산호가 뛰어들었다.

난데없는 침입자들의 등장에 놀랄 법도 하건만 방 안에 있는 사람들은 하나같이 절세적인 고수였다. 그들은 전혀 동요하지 않고 처음 자세 그대로 한 점 흐트러짐 없이 앉아 있었다. 기무결은 물론이고 철산호 역시 속으로 감탄을 금할 수 없었다.

석대공은 철산호를 알아보고 눈살을 찌푸렸다.

"그대는 풍운산장의 철 장주가 아니오?"

"성주, 그동안 별래무양하셨소이까? 마음이 급해 미리 예를 차리지 못하고 들어선 것을 용서하십시오."

"으음."

석대공은 여전히 기분이 언짢았지만, 철산호가 극구 사과를 하자 일단 마음을 가라앉혔다.

한편, 석헌중은 기무결의 얼굴을 보고 귀신이라도 본 사람처럼 얼굴이 사색으로 변했다.

하나 그것도 잠시.

그는 무슨 생각이 들었는지 앙천광소를 터뜨렸다.

마침 마왕칠패 중 두 명이 빠져서 다소 아쉬운 생각이 들던 참이었다.

한데, 지금 철산호는 물론이고 기무결까지 가세를 했으니 반가운 나머지 절이라도 해주고 싶은 심정이었다.

'크크, 이게 웬 횡재냐? 더 강한 공력을 얻게 되었구나.'

특히 기무결의 무시무시한 공력을 떠올리며 속으로 회심의 미소를 지었다.

"흐흐, 네놈은 본공자의 뒤를 따라온 모양이구나! 하지만 결국 본공자가 이겼다."

기무결은 일단 마음을 쓸어내렸다. 석헌중의 반응을 보니 아직 사령신단이 없어진 것을 모르는 것 같았다. 늦지 않게 도착해서 천만다행이었다.

그렇지 않았다면 석헌중의 음모를 영원히 입증할 방법이 없었을 것이었다.

그렇다고 무작정 석헌중을 몰아붙인다고 될 일이 아니었다. 석헌중은 뱀처럼 교활하고 야비한 자였다. 아마 상자 안에 사령신단이 없는 것을 알면 속으로야 분노하겠지만, 철저히 자신의 음모를 숨길 것이다.

결자해지라 했다. 사건을 해결하기 위해서는 석헌중 스스로 자신이 꾸민 음모를 말하게 만드는 것밖에는 방법이 없었다.

기무결이 마음을 차분히 가라앉혔다.

"석헌중, 지금이라도 늦지 않았으니 상자를 열지 마라."

"흐흐, 미친놈! 지금 무슨 말을 하는 것이냐?"

"네놈의 음모를 모를 것 같으냐? 여기 있는 사람을 모두 죽이고 네놈이 성주가 되려고 하는 것이겠지. 하지만 그 상자를 여는 순간 네놈도 죽는다."

"푸하하! 음모라니. 그건 마황령도 없이 이곳에 함부로 잠입한 네놈의 입에서 할 말은 아닌 것 같은데?"

석헌중은 마황령이란 단어에 힘을 주어 말했다.

처음 기무결이 음모 운운했을 때는 입가에 미소를 지었다. 하나 이곳에 모인 사람을 모두 죽인다고 했을 때는 조금 가슴이 뜨끔거릴 정도였다. 그리고 성주가 되려고 한다는 말에는 기무결이 자신의 음모를 모두 알고 있는 줄 알고 안색이 변했다.

하지만 자신까지 죽는다는 대목에서 안도의 한숨을 내쉬었다. 기무결은 상자에 화탄이 들어 있다고 생각하는 모양이었다.

하긴, 그렇게 생각하는 것도 무리는 아니었다.

상자를 가지고 마황성에 오자마자 여러 사람을 모아놓은 자리에서 상자를 열려고 하니 누구라도 그렇게 생각할 것 같았다.

그는 석대공과 마왕오패를 돌아보며 말했다.

"모두 저놈의 말을 믿지 마십시오. 상자 안에는 화탄이 없습니다."

"나는 화탄이 있다는 말은 하지 않았다."

"뭐라고?"

"상자 안에 엄지손가락만한 영단이 들어 있지 않느냐?"

"그, 그걸 네놈이 어떻게?"

"그리고 그 영단은 주변의 기운을 흡수하는 효능이 있겠지. 여기 있는 사람들의 기운을 모두 네놈이 흡수할 생각이 아니었느냐?"

이제는 안색이 하얗게 질렸다.

어떻게 된 걸까?

기무결은 사령신단의 크기는 물론이고 효능까지 정확하게 알고 있었다. 물론 그의 계획까지 전부 다.

그렇다고 밀봉이 뜯어진 것도 아니어서 귀신이 곡할 노릇이었다.

그러다 문득 그는 왕소군에 생각이 미쳤다.

"으으, 왕소군 그 계집이구나! 이 화냥년이 잘도 지껄여댔구나!"

그는 당황한 나머지 자신이 기무결의 말을 인정했다는 사실도 깨닫지 못했다.

석대공의 얼굴은 참혹하게 일그러졌고, 마왕오패는 자신들이 잘못 들은 줄 알았다.

第七章

천왕세가

一

충격이 과하면 현실을 부정하기도 하는 법.

지금 석대공이나 마왕오패가 그랬다.

그들이 알고 있는 석헌중은 절대 남을 해하거나 계략을 꾸밀 그런 성격이 아니었다.

한데 이건 해도 너무했다. 기무결과 석헌중의 대화만 들으면 석헌중은 숙부들을 해하려는 것도 부족해서 아버지까지 죽이려는 패륜무도한 자였다. 두 귀로 똑똑히 들었는데도 도무지 믿기지 않았다. 마치 다른 사람 이야기를 듣는 것 같았다.

석대공이 차가운 시선으로 기무결을 쳐다보았다.

"자넨 누군가?"

기무결은 단지 눈이 마주쳤을 뿐인데도 정신이 아득해졌다. 석대공의 눈빛에서는 한겨울의 매서운 한파처럼 가공할 기운이 흘러나왔다. 어지간한 사람은 잠시 눈빛이 마주치는 것만으로도 두 눈이 파열되고 머리가 폭발할 수도 있었다.

기무결의 신형이 충격에 잠깐 비틀거렸지만, 이내 공력을 끌어 올려 대항했다.

과연 천하제일고수라 불리는 사람답게 석대공의 공력은 무시무시했다. 반응이 조금만 늦었다면 눈이 폭발하지는 않아도 상당한 고통에 시달렸을 것이었다.

기무결의 표정이 평온하게 변했다.

그는 담담한 눈빛으로 석대공의 눈을 응시했다.

이렇게 되자 놀란 사람은 석대공이었다.

처음부터 기무결을 죽일 의도가 아니었기 때문에 오성의 공력만 사용했을 뿐이지만, 그것만으로도 어지간한 사람은 감당하기 어려웠다.

하물며 기무결은 이제 겨우 약관이 조금 넘은 청년.

석대공의 눈에는 애송이에 불과했다.

그런 면에서는 오성의 공력도 조금 과하다 싶었는데, 이게 웬걸?

오히려 기무결의 눈빛에 그의 눈이 은은히 아파오고 있었다.

석대공은 문득 호승심이 일었다.

선공을 하고도 오히려 왠지 밀린 것 같은 기분이었다.

그는 백발이 성성한 나이였지만, 여전히 지고는 못 사는 성격이었다.

문득 공력을 팔성으로 올리려고 하는 순간 기무결이 정중하게 포권을 취했다.

"소생은 무명소졸이니 이름을 말해도 모르실 겁니다. 다만 분명하게 말씀드릴 수 있는 건 의뢰를 받고 이번 불륜 사건의 흑막을 조사하고 있다는 것이지요."

적절한 행동이었다.

덕분에 석대공은 눈살을 찌푸리며 공력을 거두고 말았다.

"불륜 사건에 흑막이 있다고? 왠지 중아가 관련이 있다는 것처럼 들리는군."

역시 늙은 생각이 맵다.

석대공은 기무결이 하고 싶은 말을 단박에 이해했다. 기무결도 더 설명할 필요 없이 곧바로 본론으로 들어갈 수 있어서 좋았다.

"지금까지 소생이 알아낸 것이 있는데 한번 들어보시겠습니까?"

석헌중이 참지 못하고 소리쳤다.

"들을 필요도 없습니다, 아버지!"

"너는 조용히 하거라."

석대공의 목소리는 어느 때보다 차갑고 냉정했다. 그건 더 이상 아들을 대하는 아버지의 모습이 아니었다.

석대공이 기무결을 돌아보며 말했다.

"자, 이제 어디 한번 말을 해보게."

기무결이 고개를 끄덕이고 말을 이어 나갔다.

"그럼, 계속하겠습니다. 왕 소저는 우연히 석헌중의 음모를 알았습니다. 바로 영단을 이용해 이곳에 있는 분들의 공력을 흡수하는 것이죠. 하지만 이를 알려봤자 믿어줄 사람이 아무도 없었을 겁니다. 이에 왕 소저는 성주님을 비롯해서 마왕칠패를 살리기 위해 상자를 빼돌렸습니다. 그게 바로 석헌중이 천왕세가에 간 이유입니다."

"으음. 계속 해보게."

"한편, 왕 소저가 상자를 빼돌린 것을 알게 된 석헌중은 당연히 왕 소저를 죽이려고 했습니다. 하나 왕 소저는 누구에게도 도움을 청할 수 없었습니다. 그건 바로 석헌중이 모든 사람들에게 알려진 모습과는 전혀 다르니까요. 말을 꺼내는 순간 아마 도움을 받기는커녕 매장을 당했을 겁니다."

"그러니까 자네의 말은 중아의 마수에서 살아남기 위해 바람을 피운 것처럼 연기한 것이다?"

"감옥에 갇히기 위한 방법 중 불륜을 선택한 것 같습니다. 석헌중의 마수에서 살아남을 수도 있고, 성주님 등을 지킬 수도 있었으니까요."

어디까지나 가설이긴 했지만, 기무결은 크게 어긋나는 부분은 없을 거라고 확신했다.

그 증거로 아까부터 석헌중의 얼굴이 미묘하게 창백해졌다는 것이었다. 그는 최대한 침착한 척 애를 쓰고 있었지만, 기무결의 예리한 눈빛은 속일 수 없었다. 입술을 깨무는 것하며 눈동자가 쉴 새 없이 움직이는 것은 초조하다는 반증이었다.

그랬다.

석헌중은 지금 식겁한 나머지 등 뒤로 식은땀이 흘러내릴 정도였다.

기무결의 말은 모두 사실이었다. 마치 두 눈으로 직접 본 것처럼 정확하게 알고 있었다.

'으으, 역시 왕소군 그 계집이 알려준 것이다.'

진작 왕소군을 죽이지 못한 게 그렇게 후회될 수가 없었다.

하지만 그는 꿈에도 알지 못했다.

기무결은 왕소군을 만난 적도 없으며 단지 지금까지 보고 들은 정보만 가지고 추리했다는 것을.

석헌중이 발끈하며 소리쳤다.

"네놈의 말은 모두 거짓말이다. 네놈의 말은 허황될뿐더러 그 어디에도 증거가 없다. 내가 그랬다는 증거는 어디 있으며 왕소군이 감옥에 갇히기 위해 바람을 피운 척 연기했다는 증거는 또 어디에 있느냐?"

석대공의 눈빛도 무섭게 가라앉았다.

"자네가 지금 무슨 말을 했는지는 알겠지? 그건 마황성을 싸잡아 욕보이는 소리다. 자넨 그 말을 책임질 수 있는가?"

증거를 내놓지 않는다면 절대 가만두지 않겠다는 뜻이었다.

하지만 기무결은 태연했다.

"후후! 책임 못 질 이유도 없지요. 증거는 바로 우리 앞에 있습니다."

"저 상자를 말하는 건가?"

기무결이 고개를 끄덕였다.

"바로 그렇습니다. 소생이 저 안에 든 영단을 먹어보겠습니다."

"노부를 우롱할 셈인가? 어찌 겨우 먹는 것으로 증거가 될 수 있단 말인가?"

"말이 안 될 것도 없습니다. 영단의 효능은 신묘하기 짝이 없어서 먹는 순간 외부의 기운을 빨아들이니까 말이죠. 아마 이곳에 있는 모든 사람의 공력이 소생의 몸속으로 빨려 들어올 겁니다."

흠칫!

석대공의 표정이 딱딱하게 굳어졌다.

남들이 들으면 터무니없는 소리라고 일축했겠지만, 견문이 넓은 석대공의 머릿속에 그와 똑같은 작용을 일으키는 영단이 떠올랐던 것이다.

'사령신단!'

二

사령신단을 떠올린 사람은 석대공뿐만이 아니었다.

마왕오패와 철산호는 모두 경험이 풍부한 사람들이다. 그들이 사황파천신공을 모를 리 없었고, 사령신단의 가공할 신화를 모를 리 없었다.

고금오대마공 중 사파에 속한 무공이며 그 위력은 능히 하늘에 버금갈 만큼 대단하다.

하지만 연공 과정이 너무도 극악무도한 것이라 정파와 마도는 물론이고 같은 사파에서조차 치를 떨 정도였다.

사람들의 시선이 잠시 흐트러졌을 때였다.

기무결이 번개처럼 몸을 날려 상자를 낚아챘다.

석헌중은 한쪽에 서서 이미 기무결을 경계하고 있었다. 그는 사실 뒤늦게 자신이 실언한 것을 깨닫고 더욱 쫓기는 심정이었다. 다행히 석대공이나 마황오패는 아직은 반신반의하고 있는 것 같았지만, 자신의 음모가 순탄하게 풀릴 것 같지 않았다.

'증거를 입증하기 위해 사령신단을 먹겠다고?'

아주 교활하기 짝이 없는 놈이었다. 사령신단의 특징이나 위력을 알고 있다면 당연히 지금 이 자리가 욕심이 날 것이다. 이곳에 있는 사람들의 공력을 모조리 흡수하면 천하제일의 고수가 되고도 남기 때문이었다.

그걸 증거랍시고 그럴싸한 말로 포장을 하고 있지만, 결국 제 욕심을 채우겠다는 것이나 마찬가지였다.

마음 같아서는 영단을 먹어치워야 정상이었지만, 그렇게 하면 기무결의 말을 인정해 주는 꼴이었다. 가뜩이나 자신이 실언한 것 때문에 사람들이 어느 정도 경계를 하고 있는 마당에 영단까지 먹으면 그땐 걷잡을 수 없는 상황으로 변할 것이 뻔했다.

결국 그것이 화근이었다.

그는 상자를 품에 안고 충분히 대비를 하고 있었지만, 기무결의 움직임이 이렇게까지 빠르고 표홀한지 몰랐다. 석헌중의 육안으로는 기무결의 움직임이 보이지 않았다. 한 줄기 바람을 느꼈을 때는 이미 품에 있던 상자가 사라지고 난 뒤였다.

기무결은 곧장 상자의 뚜껑을 열고 사령신단을 먹는 척 꿀꺽 삼켰다.

"으아악! 내 영단!"

석헌중의 입에서 비명이 터져 나왔다.

속에서 이루 말할 수 없는 분노가 치밀어 올랐다.

그가 얼마나 심혈을 기울여서 만들고 또 기다려 온 시간이던가? 그게 눈앞에서 와르르 무너져 버린 것이다. 절망과 허탈함이 밀려들었다.

그래서였다.

원래는 뚜껑이 열리는 순간 청량한 향기가 나야 정상이고 석헌중은 이를 누구보다 더 잘 알고 있었지만, 지금은 아무것도 생각나지 않았다.

'피해야 한다.'

머릿속에서 강한 울림이 들려왔다.

그리고 그건 곧 본능으로 이어져 그는 몸을 날려 방 안을 빠져나갔다.

여기서 꾸물거릴 시간이 없었다. 사령신단은 흡수가 빨라서 조금만 망설여도 공력이 모두 빨려 나가 목내이(미이라)가 되어 죽을지도 몰랐다.

"당장 피하세요. 놈이 우리의 공력을 흡수하려 들 겁니다."

딴엔 사람들을 살려서 잃었던 신뢰를 되찾겠단 생각이었다. 하지만 오히려 그것이 발목을 잡고 말았다. 더 이상 증거 따위는 필요하지 않았다. 석헌중도 뒤늦게 자신의 실수를 깨닫고 도망치던 몸이 딱딱하게 굳어지고 말았다. 도망치고 싶어도 그럴 수도 없었다. 어느새 마황오패가 석헌중의 길목을 가로막고 있었기 때문이었다.

'이제 끝났군.'

기무결은 상자를 들고 조용히 철산호 옆으로 가서 섰다.

三

무거운 공기가 장내를 짓눌렀다.

이 황당한 결말에 누구 하나 입을 뻥긋하는 사람이 없었다. 마황칠패의 얼굴은 소태를 씹은 듯 심하게 일그러져 있었고, 석대공의 눈빛은 연신 파르르 흔들거렸다.

석헌중은 사색이 된 얼굴로 바닥에 무릎을 꿇었다.

"아버지, 이건 음모입니다. 숙부님들! 저는 누명을 쓴 거예요. 다들 제가 어떤 사람인지 모르세요?"

"닥치거라. 네놈의 죄는 나중에 따져 묻겠다."

석대공은 초인적인 의지로 분노를 억눌렀다.

자식이라고 용서하기에는 그 죄가 너무 컸다. 단지 자신만 죽이려고 했던 것이 아니라 마황칠패까지 해하려 하지 않았던가?

그는 아버지 이전에 마황성의 성주였다. 마황성의 질서를 위해서라도 석헌중은 용서하기 힘들었다.

그는 이내 시선을 돌려 의아한 표정으로 기무결을 쳐다보았다. 지금쯤이면 분명 사령신단을 먹은 징후가 나타나야 하는데, 기무결의 몸에서는 아무런 조짐도 일어나지 않았다.

기무결이 그의 마음을 짐작했는지 빙그레 웃었다.

"처음부터 영단은 없었습니다."

"뭐, 뭐라고?"

"증거는 없고 석 공자의 음모를 밝히려면 자신의 입으로 실토하게 만드는 방법밖에 없어서 얕은꾀를 냈던 것입니다."

"으음."

어이가 없었다.

모든 사람이 기무결의 연극에 놀아난 셈이었다.

석헌중은 믿지 않았다. 분명 밀봉 상태는 누구도 뜯은 흔적 없이 처음 그가 해둔 상태 그대로였다.

"거짓말하지 마라. 상자는 방금 내가 뜯었는데 어디서 헛소리냐?"

"아, 그거? 후후! 미안하게 됐군. 사실 대은전장의 밀실에서 이미 내가 밀봉을 뜯고 새로 만들어놓은 것이다."

"마, 말도 안 되는 소리. 설마 네놈이 위조라도 했다는 소리냐?"

"쯧쯧, 위조라고 할 것까지야 있나? 네놈이 조잡하게 만든 것을 흉내 내는 게 무어 그리 어렵다고."

그건 석헌중을 두 번 죽이는 말이었다.

그의 신형이 비틀거렸다.

석헌중은 이제야 모든 것이 명확하게 알 수 있었다. 그날 왕혜령이 왜 대은전장 입구에 있었는지. 그리고 어째서 자신들을 보고 도망을 쳤고, 붙잡혔는지. 사실 붙잡힌 게 아니라 붙잡혀 준 것이었다. 또한 자신이 상자를 얻은 건 왕혜령을 인질로 삼고 협박했기 때문이 아니라 그냥 기무결이 주었다고 봐야 한다.

"사, 사령신단은 어디 있느냐?"

"아! 영단의 이름이 사령신단이었나? 먹으려고 한 건 아니었다. 밀실에서 향기가 좋아 살짝 혀끝에 댔을 뿐인데 모두 흡수되고 말았다."

"으아악! 이 멍청한 놈아! 그걸 사람도 없는 곳에서 먹었다고?"

백년대계가 무너져 내리는 심정이 이런 것일까?

죽 쒀서 개를 준 꼴이었다. 사령신단은 외부에서 공력을 흡수하지 못하면 그저 그런 영단으로 전락한다. 평생의 심혈을 기울여 만든 사령신단이 기무결의 뱃속에서 평생 녹지 않고 있을 것만 생각하면 미치기 일보 직전이었다.

'그랬군.'

기무결은 속으로 회심의 미소를 지었다.

그는 사령신단의 힘을 모두 흡수했지만, 사람들은 전혀 그것을 알지 못할 것이었다.

자신이 삼킨 것이 사령신단이라는 것을 몰랐을 때도 자신이 사령신단을 흡수했다는 것이 알려지면 왠지 좋을 것 같지 않았다. 하물며 사령신단의 정체를 알게 된 지금은 두말할 나위도 없었다. 천하무림이 연성하는 것 자체를 엄격하게 금한 고금오대마공 중 하나인 사황파천신공이다. 거기에 사파인들도 치를 떠는 사령신단이고 보면 말해 무엇하겠는가?

그래도 기무결은 나름 모험을 걸었다.

외부에서 힘을 흡수하지 못하면 혹시 아무런 효과가 없는 게 아닐까?

때문에 밀실이란 단어를 강조했었다.

그의 생각은 적중했고, 이제 그를 의심할 사람은 아무도 없었다.

四

고금오대마공이 세상에서 자취를 감춘 것은 적어도 백 년이 넘은 일이었다. 그것들이 한 번 세상에 나타날 때마다 무림은 극심한 피해를 입었고, 파멸 직전까지 간 적도 있었다. 그러다 보니 정파와 마도 그리고 사파는 처음으로 의견을 통일했다. 고금오대마공을 익힌 자는 물론이고 가지고만 있는 자도 무림공적으로 선포한 것이 바로 그것이었다.

고금오대정종무공 역시 무림에서 흔적이 끊긴 지 수백 년이 넘었지만, 고금오대마공과는 성격이 조금 달랐다. 고금오대정종무공은 그 위력이 너무 극강해서 천하에 대적할 무공이 없었다. 상대가 있다면 고작 고금오대마공 정도였다.

정파무림에서조차 고금오대정종무공의 가공할 위력에 은

근히 부담을 느꼈다. 어떤 문파든 고금오대정종무공을 익혔다면 구파일방과 육문칠가는 무조건 그 문파에 머리를 조아려야 했다.

소림사의 칠십이종절예나 무당파의 태극혜검 등 무림에서 내로라하는 무공들도 상대가 되지 않았다. 자존심이 강한 구파일방과 육문칠가는 몇 번이나 그런 일을 경험하며 그 얼굴에 먹칠을 해야 했다.

하지만 더 심각한 것은 마도와 사파에서 연성이 금지된 무공인 고금오대마공으로 대적하려 한다는 것이었다. 그들 입장에서는 고금오대마공 외에는 감히 대적할 무공이 없으니 어느 정도 명분이 생긴 것이다.

결국 천하무림은 고금오대마공을 견제하기 위해 고금오대정종무공 역시 수련하는 걸 금지했다.

광동의 신권세가와 항주의 쌍룡장, 길림성의 장백파 등이 우연히 고금오대정종무공을 얻고 은밀하게 익히려다 발각되어 정파와 마도 그리고 사파의 연합 공격에 하루 이슬처럼 세상에서 영원히 사라져 버리고 말았다.

신권세가와 쌍룡장과 장백파는 그 지역을 대표할 만큼 상당한 위세를 자랑했지만, 정파와 마도와 사파의 연합군을 뛰어넘을 수는 없었다.

그 이후 누구도 감히 고금오대정종무공을 익힐 엄두를 내지 못했고, 세월이 흐르면서 세상에서 완전히 자취를 감추고 말았다.

고금오대정종무공과 고금오대마공!

어떤 것이 더 무섭고 강한지는 알 수 없었다.

하지만 분명한 것 하나는 그 무공 중 하나만 가지고만 있어도 전 무림의 공적이 되어 살아남기 힘들다는 것이었다.

아마 그건 마도의 성지라는 마황성 역시 예외는 아닐 것이다.

만약 석헌중이 사령신단을 먹고 사황파천신공을 연성했다면 정파와 사파는 물론이고 당장 마도무림마저 마황성을 등지는 사태가 벌어졌을 것이었다.

그런 의미에서 석헌중의 외침은 무척이나 중요했다. 기무결이 사령신단을 먹었지만, 아무런 효과도 얻지 못했다는 것을 증명해 주기 때문이었다.

'휴!'

기무결은 속으로 가슴을 쓸어내렸다.

그가 선수를 쳐서 석헌중을 자극한 것이 적중한 것이다. 그러지 않고 가만히 있었다면 아마 석헌중에게 당했을지도 몰랐다.

당연한 일이다. 상자를 만진 사람은 왕소군과 왕혜령, 그리고 기무결 세 명밖에 없고, 그중 마지막에 석헌중에게 상자를 건네준 사람이 기무결이었다. 그렇다면 사령신단이 없어진 걸 알면 누굴 먼저 의심할지는 뻔한 일이었다.

대충 눈치를 보니 석대공과 마황오패는 물론이고 철산호까지 감쪽같이 속아 넘어간 것 같았다.

철산호는 기무결이 천무은형잠종대법을 익힌 것을 알고도 모른 척 눈감아주긴 했지만, 그렇다고 그에게 비밀을 털어놓을 생각은 없었다.

기무결은 반쪽짜리 사황파천신공을 익힌 상태였다.

사령신단을 복용하고 막강한 공력을 얻긴 했지만, 사황파천신공의 초식은 익히지 못했다.

하지만 그것만으로도 기무결은 천하를 독보할 수 있는 힘을 얻었다. 더구나 그에게는 천지기하천하무적공과 천무은형잠종대법이 있지 않던가? 누가 알기라도 하면 천하무림이 발칵 뒤집어지고도 남을 일이었다.

五

그건 읍참마속과도 같았다.

석대공은 유난히 자식 복이 없었다. 첫째인 석헌성을 주화입마로 잃은 지 얼마 되지 않았고, 셋째인 석헌중은 자신의 손으로 베어야 할 판이었다. 아직 둘째가 남아 있긴 했지만, 석헌조는 주색잡기에 빠져 세월만 좀먹고 있었다. 차라리 없다고 생각하는 편이 정신 건강에 좋다.

그렇다고 손자가 있는 것도 아니었다. 정식으로 결혼한 사람은 석헌중 한 명밖에 없었던 것이다. 그나마도 석헌중과 왕소군 사이에는 아직 아이가 없었다. 이대로라면 대가 끊길 판이었다.

하지만 석대공은 조금의 망설임도 없었다.

그는 석헌중의 단전을 파괴하고 두 다리의 힘줄을 끊어 지하뇌옥에 가두어 버렸다. 석헌중은 살려달라고 눈물을 흘려대며 애원했지만, 석대공은 눈 한 번 깜빡거리지 않았다.

방 안의 공기가 숙연하다 못해 처절하게 느껴졌다.

특히 석대공의 처지를 아는 마황오패와 철산호는 마음이 무겁게 내려앉았다.

기무결도 속으로 어지간히 놀란 상태였다. 차라리 일검에 죽이는 것이 낫지 저런 식으로 폐인을 만들고 지하뇌옥에 가두는 건 아비 된 입장에서 아무나 할 수 있는 일이 아니었다.

그때, 석대공이 빙그레 웃으며 건네오는 말에 기무결은 퍼뜩 정신이 들었다.

"자네에게 무어라 감사의 말을 전해야 좋을지 모르겠군. 자네가 마황성을 살리고 천하무림을 구했네."

"아, 아닙니다."

기무결은 왠지 겸연쩍은 마음을 금할 수 없었다.

석대공 입장에선 외인에게 마황성의 치부를 고스란히 보여준 꼴이었다. 말로는 고맙다고 해도 속으로는 어떨지 모를 일이었다.

문득 석대공이 빙그레 웃었다.

"나를 경계할 필요는 없네. 천하의 마황성주가 이런 일로 자네에게 해코지를 한다면 어찌 체면이 서겠는가?"

확실히 기개가 남달랐다.

보통 마황성주라고 하면 엄청난 마인일 거라고 생각하기 쉽지만, 석대공은 사리분별이 확실했다.

"그나저나 자넨 철 장주와는 어찌 아는 사이인가?"

"그건……."

기무결이 말을 하려는 순간 철산호가 호탕하게 웃으며 끼어들었다.

"핫핫! 풍운산장의 예비 사위입니다."

"사위?"

"군아와 태중혼약을 한 사이이지요. 조만간에 혼례식을 올릴 예정입니다."

철산호가 의기양양한 표정으로 말했다.

이는 자신이 찜한 물건에 침을 바르는 것이고 동물들이 오줌을 싸서 영역을 표시하는 것과도 같은 이치였다. 즉, 기무결은 자신의 사위이니 마음에 들더라도 데려갈 생각하지 말라는 확고한 뜻이었다.

"아! 군아가 태중혼약을 한지 몰랐네."

석대공은 의외라는 표정으로 기무결과 철산호를 번갈아

쳐다보았다. 그 같은 사실을 왜 숨겼는지 이해가 되지 않았다. 더구나 기무결이 무능하면 이해라도 하겠는데, 이건 일세영걸이라 해도 과언이 아니었다. 그의 눈에서 왠지 모를 질투의 빛이 흘러나왔다.

하지만 정작 놀란 사람은 기무결이었다.

그는 한 방 얻어맞은 기분이었다.

그렇다고 지금까지 자신이 한 행동이 있으니 뭐라 말을 할 수도 없었다.

'어이구, 돌겠네.'

철산호는 아예 작정한 사람 같았다.

아들이 두 명이나 있는 사람이 왜 자신에게 풍운산장을 물려주지 못해 환장한 것인지 미치고 팔짝 뛸 노릇이었다.

'마도에 이런 인물이 있었던가?'

석대공은 기무결의 내력을 쉽게 알아낼 수 없었다.

정상적이라면 아까 자신과 눈빛을 교환하며 공력 대결을 펼쳤을 때 대략적인 내력이라도 알아냈어야 했다. 그게 아니더라도 기무결이 석헌중에게 달려들어 상자를 빼앗을 때에는 확실히 알아챘어야 정상이었다.

하지만 두 번의 기회가 있었음에도 석대공은 아무것도 알아낸 것이 없었다.

그는 점점 더 미궁에 빠졌다. 심지어 기무결의 공력이 결코 자신의 밑이 아니라는 사실에 마도무림의 모든 문파를 떠올려 보았다.

"헛헛! 듣고 있다 보니 자네의 이름이 더 궁금해지는군. 얼마나 대단한 집안이기에 그동안 철 장주가 태중혼약한 사실을 꽁꽁 숨기고 있었단 말인가?"

석대공이 넌지시 기무결을 쳐다보았다.

아까도 기무결에게 이름을 묻긴 했었지만, 지금과는 그 분위기가 판이하게 틀렸다. 그때는 어물쩍 넘어갈 수 있었지만, 지금은 도저히 그럴 분위기가 아니었다.

"그, 그게 그러니까 소생은……."

기무결이 난감한 표정으로 말을 머뭇거렸다.

계속 이곳에 있다가는 어떤 일이 벌어질지 몰랐다.

여길 빠져나가야 곤혹스러운 상황을 모면할 수 있을 것 같았다.

하나 적당한 구실이 떠오르지 않았다.

바로 그때였다.

기무결은 문득 마황오패밖에 없다는 사실에 주목했다.

그냥 지나치려면 충분히 지나칠 수 있는 문제였지만, 애초에 이곳에 있는 사람들은 석헌중이 공력을 흡수하기 위해 불러들인 자들이었다. 그렇다면 한 명이라도 더 불러도 시원치 않을 판국에 두 명이 없다는 건 결코 허투로 흘려보낼 일이 아니었다.

"소생이 견문이 짧아 미처 다섯분을 알아보지 못했습니다.

한데, 마황칠패가 어찌 지금은 다섯분밖에 없는 겁니까?"

마황오패가 잠깐 눈살을 찌푸렸지만, 이내 무뚝뚝한 표정으로 대답했다.

"셋째와 막내는 어제 천왕세가로 갔다."

"천왕세가에 말입니까?"

"원래는 중아를 데려오는 것이 목적이었는데, 중간에 길이 엇갈린 모양이군."

그들은 대수롭지 않게 말했지만, 기무결의 표정은 심각하게 변했다.

지금까지는 석헌중이 중간에 끼어서 적절히 중재해 준 탓에 천왕세가가 겨우 버틸 수 있었지만, 만약 석헌중이 없다는 걸 알면 만검비와 육정수가 어떻게 나올지 모른다. 더구나 이곳에서는 크게 느낄 수 없지만, 천왕세가 인근에만 가면 석헌중과 왕혜령이 매일같이 붙어서 지낸다는 소문이 파다하게 퍼져 있었다.

원래는 석헌중이 상자를 찾기 위해 의도적으로 왕혜령에게 접근한 것이다.

하지만 다른 사람들은 그런 자세한 사정은 모른다. 그저 왕혜령이 천왕세가를 구하기 위해 먼저 석헌중을 유혹했다고 생각하기 쉬웠다. 그리고 그 소문을 만검비와 육정수가 들었다면 어떻게 받아들였을지는 불을 보듯 뻔한 일이었다.

"아차! 천왕세가가 위험하다."

기무결은 급히 이목을 열고 사방에서 들려오는 소리에 주목했다.

수천수만 명의 사람이 떠들어대는 소리가 들려왔고, 짐승들이 뛰어다니는 소리, 그리고 시냇물이 졸졸 흐르는 소리까지 들렸다.

하나 애석하게도 천왕세가는 거리가 너무 멀리 떨어져 있어서 아무것도 들리지 않았다.

"오늘의 무례는 나중에 다시 찾아와 용서를 구하겠습니다."

기무결은 곧장 바닥을 박차고 몸을 날렸다.

가뜩이나 이곳을 빠져나갈 궁리만 하던 차에 적당한 구실까지 생겼으니 망설일 이유가 없었다. 그의 신형은 순식간에 까마득히 멀어져 갔다.

가공할 경공신법이었다.

단 한 번의 도약으로 기무결은 수백 장을 날아갔다.

좌중에 있는 사람들은 하나같이 절세적인 고수가 아닌 사람이 없었다.

하지만 그들은 이 비현실적인 상황에 눈도 깜빡이지 못했다.

한참 후에야 석대공이 겨우 정신을 차렸다.

"자, 철 장주! 이제 말해줄 때도 되지 않았소?"

"무, 무엇을 말입니까?"

"저 아이의 내력 말이오."

"그리 대단한 집안은 아닙니다. 친한 친구의 손자라서 성주께서는 말을 해도 모르실 겁니다."

"그건 본성주가 판단할 문제이고 그래서 그곳이 어디냐고 물었소."

"끙! 그렇게 추궁을 하시니 말하지 않을 수가 없군요. 예비 사위는 무림맹 소속입니다."

"무, 무림맹?"

석대공은 자신의 귀를 의심했고, 마황오패는 물을 마시다 말고 사레가 들려 캑캑 기침을 했다.

"그렇다고 크게 오해하실 일은 아닙니다. 저 아이는 일개 마부일 뿐입니다. 정식으로 무림맹의 사람은 아니라는 뜻이지요."

"마, 마부?"

"철 장주! 지금 우릴 희롱하는 것이오?"

농담이 지나쳐도 이건 너무 심했다.

단 한 번의 도약으로 수백 장을 날아가는 사람이 어찌 인간이라 할 수 있겠는가?

설령 하늘을 나는 독수리도 그렇게까지 빠르지는 못할 것이었다.

"하지만 본장주의 말은 모두 사실입니다. 기무결! 아마 한 번쯤은 다들 들어보셨을 겁니다."

六

마도를 대표하는 문파들은 백대마가로 불리는 백 개의 문파였다.

백대마가의 힘은 가히 상상을 초월한다.

그럴 수밖에 없는 것이 각자 한 지역을 평정한 무시무시한 전력을 가지고 있기 때문이었다. 그들의 힘이 한자리에 모일 때는 그 누구도 대적할 수 없는 것이다.

백대마가의 대표적인 곳이 바로 풍운산장이었다.

풍운산장은 단순히 지역을 넘어서 한 개의 성을 평정할 만큼 강력한 맹위를 떨치고 있었었다. 그 힘은 결코 구파일방이나 육문칠가에 비해도 부족하지 않았다.

백대마가 중 풍운산장과 같이 구파일방이나 육문칠가에 비해 전력이 부족하지 않은 곳이 열 개는 더 있었다. 무림에서는 그들을 백중십천마가라고 불렀는데, 천왕세가 역시 그 중 한 곳이었다.

천왕세가는 오래전에 산서성을 평정한 마도무림 최고의 가문이었다.

특히, 왕척의 구음십삼조는 두꺼운 철판도 단박에 으스러뜨릴 만큼 그 위력이 대단해서 십대조법 중 당당히 으뜸으로 꼽히곤 했다.

칠대장로 역시 초절정의 공력을 지닌 무서운 고수들이었다. 천왕세가에는 검법과 장법 그리고 조법 등 다양한 무공이 있는데, 칠대장로들은 각기 한 가지 무공에 정통해서 수십 년 전부터 무림에서 명성을 떨쳐 오고 있었다.

어디 그들뿐인가?

두 명의 태상원로는 천왕세가의 자랑이라 할 수 있었다.

그들의 나이가 구십이 넘어 거의 백 살을 바라보고 있었지만, 여전히 정정한 모습에 젊은이들 못지않은 힘을 가지고 있었다. 그들이 버티고 있는 이상 천왕세가는 백중십천마가의 자리를 계속 차지할 거라는 데 아무런 이견이 없었다.

게다가 여섯 명의 수석검수와 세 명의 호법은 천왕세가의 또 다른 힘이라 할 수 있었다.

여섯 명의 수석검수는 모두 삼십 대 청년이었지만, 그 자질이 비범해서 이미 천왕세가의 검법을 십에 팔구 할 이상을 깨우친 상태였다.

삼대호법은 전통적으로 외인에게 주어진 자리였다.

그들은 자유롭게 왕래하며 유유자적한 삶을 보내다가도 천왕세가에 어려움이 닥치면 열 일 젖혀놓고 달려와 돕는 것이 특징이었다.

삼대호법은 천왕세가의 무공을 배운 것은 아니지만, 하나같이 왕척과 비슷한 실력을 지닌 무서운 고수들이었다.

그들 모두가 합해져서 만들어내는 힘은 풍운산장에 못지

않았다.

산서성에서 유독 정파의 힘이 맥을 못 추는 이유가 바로 천왕세가 때문이라는 것은 세 살 먹은 어린아이들도 알고 있는 일이었다.

한데, 그런 천왕세가가 지금 서서히 무너져 가고 있었다.

그것도 단 두 명에 의해서였다.

그건 상상할 수 없는 충격이었지만, 두 사람의 이름은 능히 천왕세가를 압도하고도 남았다.

만검비와 육정수.

바로 그들이었다.

그들이 들이닥친 건 두 시진 전이었다.

왕척은 가급적 그들과 얼굴을 붉히고 싶지 않아 최대한 인내했다.

하지만 성질이 급한 육정수는 다짜고짜 석헌중을 내놓으라고 으름장을 놓았다.

석헌중에 대해서는 왕척도 할 말이 많았다.

그는 이미 왕혜령에게 석헌중의 위선을 들은 직후였고, 자신들이 석헌중의 손에 놀아났다는 것을 깨닫고 분노하고 있을 때였다.

그래도 왕척은 내색하지 않았다.

여기서 석헌중의 위선을 까발리는 건 곧 전쟁을 하자는 것이나 다를 바 없었다. 물론 만검비와 육정수가 자신의 말을 곧이곧대로 들어줄지도 의문이었다.

"그대들이 한발 늦은 것 같소. 사위는 오늘 오전에 돌아갔소이다."

"흥! 우리가 오는 걸 알고 중아를 빼돌린 것은 아니고?"

"으음. 뭔가 오해가 있는 모양이오. 우리가 그렇게까지 할 이유가 없소."

"그렇게 당당해서 딸아이를 앞세워 형부를 유혹하게 만들었단 말이냐?"

"말이 너무 심하시오. 누가 누구를 유혹했단 말이오?"

"누군 누구야. 왕가의 어린 계집애지."

육정수는 왕혜령을 노려보며 소리쳤다.

"어린 계집이 어디 할 게 없어서 형부를 유혹할 생각을 했느냐? 그 언니에 그 동생이라고 더러운 피가 흐르는 것을 보니 천왕세가가 어떤 곳인지 충분히 알 것 같구나!"

왕혜령은 너무 분해서 눈물을 흘렸고, 왕척은 더 이상 참을 수 없었다.

그는 싸움이 벌어지면 설령 만검비와 육정수를 이겨도 천왕세가는 파멸을 면할 수 없다는 것을 알고 있었다. 만검비와 육정수 다음에는 당연히 마황오패와 석대공이 찾아올 것은 불을 보듯 뻔한 일이었다.

굳이 그들이 전부 올 필요도 없었다.

이미 마황령이 발동한 이상 백대마가의 수장들이 쳐들어

올 것이었다.

천왕세가의 파멸은 이미 정해진 수순이었다.

그럼에도 불구하고 왕척은 자존심도 버려가면서까지 사태를 해결하려 했었다.

한데 그게 그만 육정수의 모욕적인 언사에 무너지고 말았다.

七

가장 먼저 나선 자들은 칠대장로였다.

그들은 분연히 무기를 뽑아 들었다.

그렇게 건곤일척의 싸움이 시작된 것이다.

칠대장로가 차례로 나섰지만, 육정수의 상대가 되지 못했다. 그들은 이미 산서성 내에서 적수를 찾기 어려운 초절정 고수였다.

하지만 육정수의 도끼에 삼십 초 이상을 버텨낸 사람이 없었다. 칠대장로의 낭패스러운 모습에 사람들은 찬물을 뒤집어쓴 듯 온몸을 부르르 떨어야만 했다.

그건 가히 신기에 가까운 솜씨였다.

마황칠패의 명성은 귀가 따갑도록 들어왔지만, 정작 그들의 솜씨를 보는 건 지금이 처음이었다.

왕척은 충분히 마음의 준비는 했다고 자부했지만, 이건 상상을 초월했다.

'무섭구나! 마황칠패의 무공은 이미 신의 경지에 이르렀다.'

그렇게 느끼는 사람은 비단 왕척뿐만이 아니었다. 천왕세가에는 많은 식객이 도와주기 위해 몰려들었었다. 그들은 대부분 석헌중의 친구였다.

그들은 육정수의 가공할 무위에 혼백이 달아났다. 더구나 석헌중마저 마황성으로 돌아간 지금 굳이 의리를 지켜 천왕세가를 도울 이유가 없었다. 그렇게 하나둘 눈치를 보며 발을 빼기 시작한 것이 불과 이각도 되지 않아 모든 식객이 떠나고 말았다.

이것이 세상인심이었다.

사람은 누구도 자신을 희생하면서까지 남을 도우려 하지 않는다. 그럼에도 불구하고 왕척과 왕혜령 등은 더욱 깊은 절망감을 느껴야만 했다.

여섯 명의 수석검수는 불길한 기운을 떨칠 요량으로 분연히 나섰다.

이번에는 만검비가 대신 상대했다.

검을 사용한다는 것이 만검비의 호기심을 자극한 것이다.

여섯 명의 수석검수는 더 이상 체면이나 자존심을 생각하지 않고 일제히 달려들었다. 그들의 연수합공은 무시무시한 위력을 발했다.

하지만 만검비는 겨우 이십여 초 만에 그들 여섯 명의 수석 검수들의 연수합공을 깨뜨렸다.

비록 그들이 삼십 대 젊은 나이라 해도 이미 천왕세가의 검법을 십에 팔구할 익힌 절정의 고수들이었다. 더구나 칠대장로들과는 달리 여섯 명이 한꺼번에 만검비를 상대한 것이다. 그렇다면 적어도 이기지는 못해도 백 초 이상은 버틸 줄 알았다.

하나 결과는 고작 이십여 초밖에 버티지 못했고, 그나마도 만검비가 처음부터 전력을 기울이지 않았던 탓이었다.

가뜩이나 무겁게 내려앉았던 왕척의 얼굴은 참담하게 변했다.

백대마가 중에서도 백중십천마가라며 갖고 있던 자부심이 허무하게 무너지는 순간이었다.

산서성을 평정한 천왕세가가 마황성 전체도 아니고 겨우 마황칠패 중 두 명의 고수에게 맥없이 무너지고 있는 상황이었다.

그렇다고 아직 패한 건 아니었다. 여전히 삼대호법이 남아 있었고, 두 명의 태상원로도 건재했다.

더구나 주변에는 수백 명의 천왕세가 제자가 지켜보고 있었다. 그의 명령만 떨어지면 당장에라도 만검비와 육정수에게 일제히 달려들 것이었다. 제아무리 만검비와 육정수의 무공이 대단하다 해도 그것만은 막아내기 어려울 터.

하지만 그건 시정잡배들이나 하는 짓이었다.

두 명을 상대로 천왕세가의 모든 제자가 덤벼들어 승리를 쟁취해 봤자 나중에는 더 대단한 마황성의 고수들이 기다리고 있는 것이다.

'더 이상 희생은 무의미하다.'

왕척은 결단을 내리고 앞으로 두어 발 나아갔다.

"본가주가 두 분을 상대할까 하오. 어떤 분이 먼저 나서시겠소?"

"형님, 소제가 먼저 싸우겠수."

만검비가 말리기도 전에 육정수가 앞으로 뛰쳐나갔다.

이런 싸움에 그가 뒷짐 지고 가만히 지켜볼 성격이 아니었다.

육정수의 손에는 거대한 도끼가 들려져 있었다. 도끼가 어찌나 크고 무거운지 보는 것만으로도 사람들의 기를 질리게 만들기에 충분했다.

하지만 육정수는 그 거대한 도끼를 나뭇가지 휘두르듯 자유자재로 사용했다. 그러면서도 거대한 크기와 무게에서 동반되는 속도와 위력은 상상을 초월해서 육정수와 싸우는 자들은 함부로 도끼 근처에 갈 수조차 없었다.

"나는 이 도끼를 사용할 것이다. 왕 가주는 어떤 무기를 사용할 것인가?"

"본가주는 구음십삼조로 상대하겠소."

"흐흐, 그대의 성명절기인 구음십삼조가 무서운 무공이라는 것은 알고 있지만, 만겁패력부법은 맨손으로 감당할 수 없는 무공이다."

"그건 본가주도 알고 있소."

그건 누구보다 왕척이 더 잘 알고 있었다.

어찌 보면 육정수의 만겁패력부법은 왕척과는 천적이나 마찬가지였다.

하지만 왕척에게도 승산이 아예 없는 건 아니었다.

만겁패력부법에서 쏟아져 나오는 가공할 기세를 뚫고 가까이만 접근할 수 있다면 그의 구음십삼조에게도 얼마든지 좋은 기회가 올 수 있었다.

"대신 하나만 약속해 주시오."

"그게 무엇인가?"

"본가주가 이기든 지든 싸움은 이것으로 멈춰주었으면 하오."

"싸움을 멈추고 싶다면 중아를 내놓아라. 그리고 저 요망한 계집을 반드시 마황성을 데려가서 엄히 다스릴 것이다."

더 이상 말이 통하지 않았다.

왕척은 결연한 표정으로 자세를 취했다.

죽음을 각오하며 나선 것이라 마음이 제법 편했다.

그렇다고 지고 싶은 마음은 없었다. 만검비와 육정수를 물러가게 하는 방법은 그들을 이기는 것밖에 없었다.

육정수도 무식하게 거대한 도끼를 머리 위로 휙휙 돌려가며 공격 자세를 취했다. 도끼 움직임을 따라 거센 바람이 일며 허공에서 거대한 풍랑이 생겨났다.

왕척 대 육정수.

그들의 건곤일척이 시작되려 하고 있었다.

장내는 팽팽한 긴장감이 감돌았다.

만검비는 태연한 표정으로 팔짱을 낀 반면 천왕세가 진영은 하나같이 표정이 어두웠다. 차라리 만검비가 나섰다면 좀 더 해볼 만한 승부가 될 수도 있었다.

하지만 육정수의 만겁패력부법은 근접거리 공격을 허용하지 않는다. 그 힘과 위력이 태산을 짓누르듯 압도적이기 때문이었다.

왕혜령은 온몸으로 전해져 오는 긴장감을 견디지 못하고 소리쳤다.

"아빠! 제발 멈추세요. 그냥 제가 마황성으로 따라갈게요."

그녀는 어느새 흐느끼고 있었다.

왕척은 이를 악물었다.

이젠 자존심 때문에라도 여기서 멈출 수는 없었다. 더구나 왕소군이 잘못된 지금 왕혜령마저 볼모로 보낸다면 두 번 다시 고개를 들고 하늘을 쳐다볼 수 없을 것이었다.

"차앗!"

먼저 움직인 사람은 왕척이었다.

그가 두 팔을 좌우로 교차하며 강력한 기운을 쏟아냈다.

"흐흐, 기다리고 있었다."

육정수도 지지 않고 몸을 날렸다.

붕붕거리며 도끼가 무서운 파공성을 만들어냈다.

그렇게 두 사람의 몸이 한데 뒤엉키려는 순간이었다.

쐐애애액!

난데없이 하늘에서 엄청난 속도로 무언가 떨어져 내리는 것이 아닌가?

그것도 정확히 왕척과 육정수의 정 가운데였다.

두 사람은 화들짝 놀라 몸을 뒤집어 뒤로 물러섰다. 그와 동시에 무언가 바닥에 쿵 하고 떨어져 내렸다.

세찬 바람이 장내를 휩쓸고 지나갔다.

그와 동시에 지진이라도 일어난 듯 바닥이 들썩거리며 움직였다.

그나마 공력이 강한 사람들은 재빨리 천근추의 수법으로 중심을 잡고 넘어지는 것을 면할 수 있었지만, 수백 명의 천왕세가의 수하가 충격을 이기지 못하고 벌러덩 자빠지고 말았다.

왕혜령은 간신히 버텼지만, 세찬 바람에 그만 치마가 허리까지 올라왔다가 다시 제자리로 내려갔다. 그 바람에 그녀의 고의가 백주대낮에 드러났지만, 그녀는 창피함을 느낄 사이도 없었다. 그녀의 시선이 무언가에 홀린 듯 멍하니 어느 한 곳을 쳐다보고 있었다.

그건 바로 방금 하늘에서 무언가 무서운 속도로 떨어져 내린 곳이었다.

第八章 압도

一

그건 하나의 충격이었다.

사람들은 모두 하늘에서 유성이 떨어진 줄 알았다.

어찌 그렇지 않겠는가?

하늘에서 떨어져 내리는 속도가 사람들의 간담을 서늘케 만들 정도로 가공무쌍했고, 지축이 흔들리던 충격은 당장에라도 땅이 갈라지고 건물이 무너져 내려도 전혀 이상할 것이 없었다. 그 여파도 상당했다.

장내 바닥에는 거대한 크기의 구덩이가 파여 있었다.

그리고 그 구덩이를 중심으로 상당히 멀리까지 지반이 푹 꺼진 상태였다. 천왕세가를 거의 집어삼킨 것과 다를 바 없었다. 그 충격에서 건물과 전각이 무너져 내리지 않은 것이 신기하게 느껴질 정도였다.

문득 자욱한 흙먼지가 걷히고 구덩이 중앙에 한 사람의 모습이 나타나기 시작했다.

순간 사람들은 압도당한 나머지 쥐 죽은 듯 조용하게 변했다.

누구도 쉽게 입을 열지 못했다. 무언가에 홀린 것 같았다. 어떤 자는 유성을 찾기 위해 주변을 두리번거렸고, 어떤 자는 유령이라도 본 사람처럼 뒤로 주춤거리며 물러섰다.

어지간한 만검비와 육정수조차 믿기지 않은 표정으로 눈을 찌푸렸다.

그 속도와 충격은 결코 인간이 만들어낼 수 있는 성질의 것이 아니었다. 천하의 그 누구라도 마찬가지였다. 그 속도로 떨어져 내리면 뼈와 살이 버티지 못하고 갈기갈기 찢겨지고 부서져 나갈 것이었다.

한데, 눈앞에 있는 자는 조금의 상처도 없어 보였다.

하물며 옷자락 하나 상한 것이 없었다.

"어이가 없군."

만검비와 육정수의 입에서 비명과도 같은 신음이 흘러나왔다.

그들은 경험이 풍부한 노강호였지만, 천하에 이런 황당한 일이 또 있다는 말은 들어본 적이 없었다.

하지만 그들은 이건 겨우 시작에 불과하다는 사실을 모르고 있었다.

기무결이 마황성을 떠난 건 한 시진 전이었다. 천 리도 넘게 떨어진 천왕세가까지 오려면 적어도 하루 이상은 걸려야 가능한 거리였다. 그는 흡사 공간이동이라도 한 것처럼 순식간에 수십 리를 뚫고 내달렸다.

그렇다고 특별하게 경공을 펼친 것은 아니었다. 몸속에 있는 삼대고금무공들이 하나로 조화를 이룬 뒤부터 마음만 먹으면 무엇이든 다 할 수 있을 것 같았다. 그리고 그 생각과 뜻을 두 다리에 담아 몸을 날리자 한 번의 도약으로 수백 장을 날았고, 두 번의 도약으로 수천 장을 가뿐히 움직일 수 있었다.

이는 상식을 파괴하는 일이었다.

그 누구도 믿을 수 없는 일이 기무결의 손에서 펼쳐진 것이다.

하나 기무결은 마음만 먹으면 지금보다 더 빠르게 움직일 수 있을 것 같았다. 물론 부단한 노력이 필요한 일이었다.

어쨌든 아무래도 좋았다.

늦었다고 생각하고 달려온 천왕세가였지만, 최악의 상황까지는 피한 상태였다.

二

장내에서 기무결을 알아본 사람도 있었다.

바로 왕혜령이었다.

그녀의 눈동자가 세차게 흔들리고 있었다. 천왕세가를 잊고 떠난 줄 알았던 기무결이 다시 돌아올 줄은 생각도 못한 일이었다.

문득 두 눈이 뿌옇게 변하고 볼을 타고 눈물이 흘러내렸다.

왠지 기무결이 지금의 난관을 해결해 줄 것 같았다.

기무결의 얼굴을 보는 것만으로도 두렵고 절망스러웠던 마음이 평온하게 변해갔다.

그녀가 생각해도 무서울 정도였다. 이런 자신의 모습이 낯설고 당혹스러웠지만, 기무결의 얼굴에서 시선을 거두지 않았다.

하지만 마음 한켠에는 여전히 불안한 마음이 있었다.

만검비와 육정수는 결코 만만한 상대가 아니었다.

천왕세가의 그 누구도 그들의 적수가 되지 못했다.

그들 개개인은 천하에 짝을 찾기 어려울 정도로 가공할 고수였다. 하물며 만검비와 육정수가 합공이라도 하는 날엔 기무결도 낭패를 당할지 모를 일이었다.

"공자님, 조심하셔야 해요."

기무결이 그녀를 향해 빙긋 웃고는 천천히 앞으로 걸어 나왔다.

그건 마치 걱정하지 말라는 신호 같았다.

장내에는 기무결을 알아본 사람이 그녀 말고도 세 명이나 더 있었다.

그들은 낭패한 몰골의 노인이었다.

얼굴이 퉁퉁 붓고 머리카락은 봉두난발처럼 헝클어져 있었다. 어떤 자는 다리가 부러졌는지 부목을 덧대고 지팡이로 간신히 몸을 지탱하고 있는가 하면 어떤 자는 갈비뼈가 부러져 숨도 제대로 쉬지 못하고 있었다.

장내에서 그들을 모르는 사람은 아무도 없었다.

그도 그럴 것이 그들은 시종일관 석헌중을 따라다니며 호위를 하던 혈비삼로였기 때문이었다.

원래 그들은 천왕세가로 돌아오고 싶은 생각이 없었다.

그들은 이미 석헌중이 어디로 갔는지 그리고 앞으로 무엇을 할 것인지 알고 있었다. 당연히 그들의 발길은 마황성으로 향했다. 기무결이 석헌중을 쫓아간 것도 걱정이었다.

하지만 그들은 돌아가는 도중에 만검비와 육정수를 만나고 방향을 천왕세가로 틀어야만 했다.

지금 만검비와 육정수에게 진실을 털어놓고 마황성을 가기에는 시간이 어중간했다. 어쩌면 석헌중이 사람들의 공력을 모두 흡수하고 한창 운기행공을 하고 있을지도 몰랐다. 그때 만검비와 육정수가 들이닥치면 어떤 결과가 나타날지는 불을 보듯 뻔한 일.

그들은 자신들이 낭패하게 된 배경으로 천왕세가를 지목했다. 그리고 석헌중의 행방을 묻는 만검비와 육정수의 질문에 애매하게 대답했다.

그것은 마치 천왕세가가 일부러 석헌중을 빼돌려 다른 곳으로 숨겼다고 말하는 것 같았다.

"그래서 지금 중아를 찾고 있던 중이란 말인가?"

"면목이 없습니다만, 그렇습니다."

"으음."

만검비와 육정수는 더욱 분노했고, 그들이 다짜고짜 천왕세가에 들이닥쳐 불문곡직하고 손을 쓰기 시작한 이유였다.

'저, 저놈이 어떻게 여길…….'

그들은 재빨리 어둠 속으로 몸을 숨겼다.

혹시라도 기무결이 자신들을 알아볼까 두려워 얼굴이 확 변할 정도였다.

그들의 명성에 어울리지 않는 일이었다. 남들이 알면 창피해서 얼굴을 들고 다닐 수 없는 일이었다.

하나 지금 남들의 시선 따위가 중요한 게 아니었다.

그들에겐 기무결이 저승사자였고, 염라대왕이었다.

세상에 그렇게 가공할 무위를 지닌 자는 처음이었고, 그들이 손바닥 위에 놓인 공깃돌처럼 느껴진 것도 처음이었다.

일단은 무조건 피하고 볼 일이었지만, 불행한 것은 기무결이 그들을 발견하고 눈빛을 반짝거렸다는 사실이었다.

기무결은 처음엔 혈비삼로가 석헌중의 흔적을 따라 마황성에 가지 않고 이곳에 있는 것이 의외라고 생각했다.

하지만 이내 무언가 머릿속으로 번쩍하고 떠올랐다.

어쩌면 혈비삼로도 석헌중의 계획을 알고 있고, 그러기에 만검비와 육정수를 마황성으로 데려가지 않고 이곳으로 따라온 것이 아닐까?

비록 추측에 불과했지만, 기무결은 자신의 생각에 확신이 들었다.

그렇다면 일단 혈비삼로부터 제압하고 볼 일이었다.

그는 오른쪽 팔을 앞으로 쭉 내밀고 살짝 힘을 주어 혈비삼로를 끌어당겼다.

"으헉?"

혈비삼로의 입에서 경악성이 터져 나왔다.

또다시 기무결의 격공섭물이 펼쳐진 것이다.

하지만 이번엔 예전보다 더 거리가 멀어서 무려 십 장 정도 떨어진 거리였다.

터무니없는 일이었다.

인간의 힘으로 이게 가능한 일이던가?

혈비삼로는 이를 악물었다.

굴욕도 이런 굴욕이 없었다. 비록 사지가 멀쩡하지 않아 몸을 움직이는 것이 여의치 않다고는 하지만 이건 아니었다. 그들은 최대한 공력을 끌어 올려 기무결의 격공섭물에 대항했다.

"으으, 우릴 무시하지 마라."

십 장이 넘는 거리에서 격공섭물에 끌려가면 그땐 무림인 이기를 포기해야 한다. 지금까지 쌓아온 명성은 물론이고 도저히 창피해서 하늘을 보고 살아갈 수 없을 것이었다.

주르륵!

하나 그들의 마음과는 다르게 항거할 수 없는 힘을 느끼고 질질 끌려가고 말았다.

여기저기서 경악성이 터져 나왔다.

사람들은 이 말도 안 되는 상황에 입을 쩍 벌린 채 다물지 못했다.

육정수는 뒤늦게 정신을 차렸다.

그는 이를 갈았다. 안하무인도 이런 안하무인이 없었다.

이건 자신들을 너무 무시하는 행동이 아닌가?

"네 이놈, 당장 손을 떼지 못하겠느냐?"

그는 기무결을 향해 몸을 날리고 붕붕 하며 도끼를 휘둘렀다.

쐐애액!

비단폭을 찢어발기는 듯한 파공성과 함께 거대한 기세가 기무결의 머리 위로 떨어져 내렸다. 그동안 천왕세가의 고수들을 절망에 빠뜨렸던 만겁패력부법이 펼쳐진 것이다.

三

기무결은 마황성과 원한을 맺고 싶은 생각은 없었다.

원한이라면 이미 넘치도록 맺은 상태였다. 감찰총국이나 사도옥이 그랬고, 범죄 자문 책사나 변황삼패가 그랬다. 여기에 마황성마저 원한을 맺으면 설령 무림맹 안에 숨겨진 오천만 냥을 모두 찾고 금광마저 캔다 해도 그는 어디 숨어서 살 곳이 없었다.

그렇다고 마황성이 두려운 것은 아니었다.

단지 더 이상 번거로운 일을 맺고 싶지 않을 뿐이었다.

하지만 육정수가 앞뒤 가리지 않고 달려든다면 생각을 달리할 수밖에 없었다.

기무결은 분심쌍격을 펼쳤다. 한 손으로는 격공섭물로 혈비삼로를 끌어당겼고, 다른 한 손으로는 육정수의 도끼를 튕겨냈다.

팅!

가벼운 금속성과 함께 육정수의 도끼가 부르르 떨렸다.

육정수는 충격을 이기지 못하고 뒤로 주춤거리며 칠팔 걸음 물러섰다. 그리고도 힘을 완전히 떨쳐 내지 못해 도끼로 바닥을 찍고 나서야 간신히 자리에서 멈출 수 있었다.

"으음."

두 팔이 미칠 듯이 떨려오고 있었다. 좀처럼 진정이 되지 않았다. 기무결은 가볍게 손가락을 튕겨 그의 도끼를 쳐냈을 뿐인데 육정수는 거대한 철판을 후려친 듯 엄청난 압박을 받았던 것이다.

하지만 정작 기무결도 놀랐다.

혈비삼로는 똑같은 공격에 속절없이 튕겨져 나간 것을 떠올리면 확실히 마황칠패는 무시할 수 없는 존재들이었다.

그때, 혈비삼로는 기무결의 손아귀에 들어온 상태였다.

더 이상의 저항은 무의미했다.

기무결은 강력한 공력으로 혈비삼로의 전신을 둘러쌌다. 혈도를 찍지 않았음에도 혈비삼로는 옴짝달싹할 수조차 없었다.

"그대들이 알고 있는 사실들을 모두 털어놓아라."

"무, 무슨 소리냐?"

"석헌중은 이미 마황성에서 모든 음모가 탄로되고 생포되었다. 설마 그대들이 석헌중의 음모를 모른다고 시치미 뗄 참이냐?"

혈비삼로의 눈빛이 세차게 흔들렸다.

석헌중의 음모가 탄로 났다면 그들 역시 끝장이었다.

하지만 그것도 잠시.

기무결의 말은 앞뒤가 맞지 않았다.

그들이 대은전장 앞에서 기무결에게 당한 것은 어제의 일이었다. 만약 그게 이틀 전이었다면 그래도 한 번쯤은 생각해 보았겠지만, 마황성과 천왕세가는 불과 하루 만에 갔다 올 수 있는 거리가 아니었다.

"미친놈! 누가 그따위 거짓말에 속을 줄 아느냐?"

그들은 기무결이 유도심문을 하고 있다고 생각하고 입을 굳게 다물었다.

하나 기무결은 그것만으로도 충분했다.

혈비삼로의 표정이나 말투는 이미 석헌중의 음모를 모두 알고 있다고 대답한 것이나 마찬가지였다.

"네놈들은 조만간에 서로 먼저 말하게 해달라고 울며불며 애원하게 될 것이다."

기무결은 그들을 한차례 쳐다본 다음 시선을 돌렸다.

그곳에는 차가운 시선으로 자신을 향해 검을 겨누고 있는 만검비가 있었다.

아까부터 만검비의 검끝에서 흘러나오는 기세가 결코 예사롭지 않아 계속 무시하고 있을 수 없었던 것이다.

'쾌검인가?'

좋은 자세였다.

한순간에 모든 기운을 모아 폭사시키려는 자세가 그야말로 완벽했던 것이다.

기무결은 천하에 두려울 것이 없지만, 쾌검만큼은 예외였다.

그건 단 일초의 승부였다.

정상적인 무학과는 그 궤를 달리한다.

더구나 빛살처럼 빠르게 들어오는 검초는 인간의 한계를 극복한 것이고, 그 검로를 육안으로 확인하고 막는 건 그리 쉬운 일이 아니었다.

四

만검비는 입도 뻥긋할 수 없었다.

모든 정신을 검끝에 싣는 데 집중하는 것만으로도 버거운 상태였다.

주르륵!

등 뒤로 식은땀이 흘러내렸다.

만검비는 이렇게까지 긴장한 적은 없었다. 기무결은 생전 처음 만나는 강적이었다. 도무지 빈틈을 찾아볼 수 없었다. 별다른 기수식을 취한 것도 아니건만 어디를 공격을 하든 기무결은 반격을 가해올 것 같았다.

그의 쾌검은 일초종무사라 할 수 있었다.

단 일초에 끝내지 못하면 오히려 그가 죽을 수 있는 것이다. 그래서 더 고도의 집중력이 필요했다.

하지만 이래서는 집중을 해도 소용이 없었다.

문득 그의 검이 달빛을 받고 새하얗게 빛났다.

순간 만검비의 팔이 살짝 떨린다 싶더니 그의 신형이 무서운 속도로 폭사되어 짓쳐 나갔다.

쿠아아앙!

마치 귀신이 울부짖는 것과도 같았다.

절로 소름이 돋는 귀곡성이었다. 어지간한 사람은 귀곡성을 듣는 것만으로도 심신이 제압되어 제대로 반격하지 못하고 죽을 게 뻔했다. 그것을 증명이라도 하듯 옆에서 지켜보던 사람들은 가슴이 철렁 내려앉고 얼굴이 하얗게 질렸다.

'극성을 다했다.'

기무결은 조금도 방심할 수 없었다.

빨라도 너무 빨랐다.

기무결의 신안으로도 완벽하게 만검비의 움직임을 파악하지 못했을 정도였다.

그야말로 눈 깜짝할 사이였다. 만검비의 쾌검이 귀곡성을 뿌리며 기무결의 상체를 노리고 들이닥쳤다.

도저히 피할 수 없을 것 같았다.

최악의 상황을 피하려면 한 손에 붙잡고 있는 혈비삼로를 포기하고 전력을 다해 막아야 할 것 같았다.

"그만 손을 놓아라."

만검비의 입에서 외침이 터져 나왔다.

하지만 기무결은 끝까지 혈비삼로를 붙잡고 있는 손을 놓지 않았다.

대신 그는 머릿속으로 도형을 떠올렸다. 순간 기무결의 신형이 술에 취한 사람처럼 이리 비틀 저리 비틀 기이하게 움직이기 시작했다.

바로 천지기하천하무적공의 보법이었다.

갑자기 세상 만물이 멈춘 것 같았다. 아니, 그만큼 기무결의 움직임이 빨라졌다고 해야 할까?

기무결이 칠팔 걸음 움직여 만검비의 옆을 유유히 지나칠 때까지도 만검비의 쾌검은 엄지손톱만큼 움직였을 뿐이었다. 한쪽에서 왕혜령이 깜짝 놀라 비명을 지르는 모습이 보인다. 하나 그마저도 이상하게 들렸다. 그도 그럴 것이 '아악!' 하는 비명에서 '아'와 '악' 사이가 길게 느껴지다 보니 일부러 엿가락 늘린 것 같은 기분마저 들었다.

원래 천지기하천하무적공의 보법은 고금제일이라 할 수 있을 정도로 그 위력이 가공무쌍했다.

한데, 기무결의 공력이 신화경에 들어서면서 그 위력이 한층 더 발전한 것이다.

이젠 더 이상 보법이 아니었다.

그건 시간을 멈추게 만드는 능력이라 불러도 전혀 이상할 게 없었다.

五

쉬이잉!

매서운 검풍과 함께 멈춰진 것 같던 시간이 빠르게 흘러갔다.

"찔렀다."

만검비는 속으로 쾌재를 불렀다.

이렇게 쉽게 이길 줄 몰랐기 때문에 약간은 황당한 생각마저 들었다.

하지만 그는 이내 자신이 찌른 건 기무결이 만들어낸 잔상이라는 것을 깨달았다. 검에 찔렸던 기무결의 모습이 흐릿해지는가 싶더니 연기처럼 사라져 버렸던 것이다.

그가 화들짝 놀라 본능적으로 몸을 홱 틀었다.

아니나 다를까, 어느새 기무결이 그의 옆구리 쪽으로 다가와 있었다.

만검비는 소름이 돋았다. 그는 기무결이 어떻게 눈앞에서 사라지고 옆구리 쪽으로 다가왔는지 보지 못했던 것이다.

"이익?"

그는 다시금 세차게 검을 찔렀지만, 또다시 허공을 갈랐다.

어느새 기무결은 처음 있던 자리로 되돌아갔다.

공력이 강한 몇몇 사람은 기무결이 만검비 옆구리 쪽으로 움직였다가 다시금 제자리로 돌아온 것을 보았지만, 대부분 사람은 기무결이 전혀 움직이지 않고 처음 자세 그대로 있는 것처럼 느꼈다. 당연히 그들은 만검비가 왜 갑자기 검을 찔러

가다 몸을 틀어 허공에 대고 검을 휘둘렀는지 이해할 수 없었다.

"으음."

만검비의 안색이 무겁게 변했다.

어찌 보면 그는 두 번을 공격했고, 기무결은 두 번을 피했을 뿐이었다.

하지만 냉정하게 보면 기무결은 한쪽 손으로 여전히 혈비삼로를 묶고 있었고, 그로 인해 움직일 수 있는 거리에 한계가 있었다.

어쩌면 그게 더 충격적인 일인지도 몰랐다.

결국 기무결은 만검비와 싸울 때도 전력을 다하지 않았다는 뜻이었으니까 말이다.

만검비가 정신을 차리고 기무결을 쳐다보며 물었다.

"하나만 묻자. 방금 너는 승기를 잡을 수 있는 상황에서 왜 공격하지 않았느냐?"

확실히 기무결이 그의 옆구리 쪽으로 파고들었을 때 만검비는 무방비 상태였다.

"그럴 리가요. 소생은 이미 흔적을 남겨두고 왔습니다."

"그, 그런 말도 안 되는."

만검비가 고개를 내려 옆구리를 확인하는 순간 온몸이 딱딱하게 굳어 버렸다.

옆구리 쪽에 작은 구멍 하나가 생긴 것이다. 그의 피부는 멀쩡했다. 이렇게 옷에만 구멍 낼 수 있는 능력도 힘들지만, 만검비 같은 고수가 아무런 느낌도 들지 못하게 하는 건 거의 불가능한 일이었다.

안색이 변하기는 육정수도 마찬가지였다.

그는 공력이 높아 기무결이 신묘하고 표홀한 신법으로 만검비의 쾌검을 피하는 것을 두 눈으로 똑똑히 지켜볼 수 있었다.

하지만 그 역시도 기무결이 손을 써서 만검비의 옷자락에 구멍을 낸 것은 보지 못했던 것이다.

그의 우락부락한 얼굴이 더욱 험상궂게 변했다.

이런 치욕과 모욕은 처음이었다.

그는 기무결의 손가락 하나에 칠팔 걸음을 물러났고, 만검비는 가공무쌍한 신법에 속절없이 농락당한 것이다.

"으으, 네 이놈! 가만 두지 않겠다."

그가 도끼를 휘두르며 기무결에게 달려들려는 순간이었다.

만검비가 검을 뻗어 육정수의 앞을 가로막았다.

"혀, 형님! 왜 말리는 것이오?"

"휴! 너와 내가 합공을 해도 감당할 수 없는 상대다. 더구나 저 어린 녀석은 우리에게 거듭 양보를 했는데, 우리가 승복하지 못하고 덤벼든다면 그거야말로 마황칠패의 체면을 떨어뜨리는 일이 아니고 무엇이겠느냐?"

"에잇, 쌍!"

육정수의 입에서 거친 욕설이 터져 나왔지만, 이내 도끼를 늘어뜨렸다.

처음 맛보는 패배의 쓴 잔은 승복하기 어려운 것이었다. 마음으로는 만검비의 말을 납득하고 있었지만, 도무지 분이 풀리지 않았다.

더구나 상대는 이제 겨우 약관을 조금 넘어선 애송이였고, 그들은 수십 년 동안 마도무림의 전설로 군림하던 마황칠패가 아니던가?

그는 결국 참다못해 기무결을 향해 소리쳤다.

"네놈에게 노부하고 몇 날 며칠 술을 대작할 배짱이 있느냐?"

六

혈비삼로의 얼굴이 하얗게 질렸다.

그들은 설마 만검비와 육정수가 제대로 손도 쓰지 못하고 패할 줄은 꿈에도 생각하지 못했던 것이다.

기무결이 그런 그들을 향해 씩 웃으며 말했다.

"자, 이제 그대들 차례인 것 같군."

혈비삼로는 온몸에 한기가 들었다.

이 인간 같지도 않은 자와 두 번째 만났을 때부터 뭔가 조짐이 안 좋다 싶더니 결국 이런 사달이 벌어지고 만 것이다.

왕혜령은 뭐가 어떻게 된 것인지 이해할 수 없었다.

분명 만검비와 육정수의 말투나 태도를 보면 기무결이 이긴 것 같긴 한데, 그녀의 눈에는 기무결이 한 게 아무것도 없었다.

'공자님은 그냥 그 자리에 서 있었던 것 아니었나?'

만검비의 옷자락에 생긴 구멍만 해도 그랬다.

기무결이 지금 서 있는 각도에서는 절대 만들어낼 수 있는 흔적이 아니었다.

한데도 만검비는 바로 승복을 했고, 육정수도 분을 참지 못해 길길이 날뛰긴 했지만 그렇다고 더 이상 덤벼들진 않았다.

왕척은 기무결의 움직임을 본 사람 중 몇 명 되지 않은 사람에 속한다.

그는 도무지 기무결이 인간으로 보이지 않았다.

그건 인간의 몸으로 만들어낼 수 있는 움직임이 아니었다.

"영아, 너는 저 공자를 알고 있느냐?"

"공자님은 어제까지 우리 세가에 식객으로 계셨었어요. 그리고 공자님이 도와주신 덕분에 석헌중 그 악마의 음모를 알 수 있었어요."

"아! 내가 눈이 삐어서 절세의 고수가 가까이 있었는데도 알아보지 못했었구나!"

왕척은 크게 한탄했다.

그는 식객들을 한 명 한 명 챙기긴 했지만, 석헌중과 그 친구들이 주가 될 수밖에 없었다. 일단 거처를 정해주는 것부터 엄청난 차이가 있었고, 왕척이 사람들을 대하는 자세 또한 확연하게 틀렸다. 비록 섭섭하게 대한 것은 아니었지만, 그렇다고 얼굴을 제대로 기억하지 못하는 이상 딱히 귀빈으로 대접한 것도 아니었다.

왠지 민망한 생각이 들었다.

석헌중은 간악한 마음을 품고 천왕세가에 접근했고, 그의 친구들은 이미 도망치고 없었다. 그에 반해 기무결이 위기에 빠진 천왕세가를 구해주었으니 쥐구멍에라도 숨고 싶은 심정이었다.

왕혜령은 자신의 일도 아니건만 왕척이 기무결을 칭찬하는 말에 가슴이 뿌듯해졌다. 봄 처녀마냥 가슴이 설레였다.

"아빠, 방금 공자님이 무얼 어떻게 한 거죠?"

"으음. 너는 미처 보지 못한 모양이구나!"

왕척이 어떻게 된 일인지 간략하게 설명해 주었다.

"그, 그러니까 그 짧은 사이에 두 번을 움직였단 말이에요?"

"엄밀하게 말하면 세 번이다. 만검비의 옆구리 옷자락에 구멍을 만들었으니까."

"아!"

"하지만 더 놀라운 건 저 공자는 여전히 한 손으로 혈비삼로를 묶고 있었다는 것이지. 만검비나 육정수도 그걸 알고 있기에 더 이상 싸우는 걸 포기한 것이다."

왕혜령은 믿을 수 없는 표정으로 기무결을 쳐다보았다.

어제 대은전장에서 기무결이 혈비삼로를 어린아이 다루듯 하던 모습을 보았을 때도 놀랐지만, 지금처럼 기절초풍할 정도는 아니었다.

그녀의 공력이 그리 약한 것이 아니었다.

한데도 기무결의 움직임을 전혀 감지하지 못했다면 대체 얼마나 빠른 것일까?

어쩌면 정말 하루 만에 마황성에 갔다가 다시 천왕세가에 왔다는 말이 사실일지도 모른다는 생각이 들었다.

왕척은 이러지도 저러지도 못하는 상황이었다.

기무결에게 다가가 고맙다는 감사 인사를 해야 정상이지만, 사실 그가 나서봐야 별로 기무결의 마음에 와 닿을 것 같지 않았다.

그렇다고 이대로 멀뚱멀뚱 시간만 축낼 수도 없는 노릇이었다.

사실 아직 천왕세가와 마황성 사이의 문제가 모두 해결된 것이 아니었다. 이제 겨우 만검비와 육정수의 문제가 끝났을 뿐이었다.

한데도 천왕세가는 거의 붕괴 직전까지 가지 않았던가?

천왕세가는 백대마가 중 으뜸이라 할 수 있는 백중십천마가인데도 마황성에 비하면 보잘것없는 수준이었다.
굳이 석대공이 올 것도 없었다.
마황칠패 중 다섯 명만 몰려와도 천왕세가는 흔적도 없이 무너져 버리고 말 게 뻔했다.
그래서였다.
그에게는 아니, 천왕세가에는 기무결이 필요했다.
하지만 이미 식객으로 찾아온 기무결에게 냉대 아닌 냉대를 한 상태여서 인연을 만들어가는 건 거의 불가능한 상태였다.
바로 그 순간 그의 눈에 왕혜령의 눈부신 미모가 아른거렸다. 강북제일미녀로 소문이 자자한 왕혜령의 미모는 그가 보아도 정말 아름다웠다.
문득 그는 기무결이 왜 굳이 냉대 아닌 냉대를 받은 천왕세가를 도와준 것인지 의문이 들었다. 더구나 만검비와 육정수를 연이어 격파했으니 마황성과 원한을 맺을 수도 있는 상황이었다.
'어쩌면 영아 때문에?'
왠지 그럴 듯한 생각이었다.
유일하게 기무결과 인연이 있는 사람이 왕혜령 한 명이라는 것이 그것을 증명해 주는 것 같았다.
그는 염치불구하고 왕혜령의 등을 떠밀었다.
"영아, 어서 공자께 가서 감사 인사를 하지 않고 무얼 하는 것이냐?"

"예에? 갑자기 그게 무슨……."

"어헛! 어서 가지 않고 무얼 꾸물거리는 게야. 그러다 공자가 우릴 배은망덕한 자들이라 욕을 할까 두렵구나!"

왕척이 정신없이 왕혜령을 재촉했다.

그는 솔직한 심정으로 왕혜령에게 미인계를 부려서라도 기무결의 마음을 잡으라는 말을 하고 싶었지만, 차마 입 밖으로 꺼낼 수 없었다.

第九章

무학총론

一

강북제일미녀란 명예는 그저 얻어진 것이 아니었다.

왕혜령은 어려서부터 그 빼어난 미모로 콧대가 이루 말할 수 없을 만큼 높았고, 어지간한 남자들은 발가락에 묻은 때 정도로 여기며 살아왔었다.

하긴 그럴 수밖에 없었다. 수많은 남자가 그녀와 말 한마디 나누기 위해 먼 길을 마다하지 않고 찾아올 정도였고, 그녀의 환심만 살 수 있다면 수백 냥을 쓰는 것도 마다하지 않았다. 평생 그런 모습들 속에서 온갖 남자들에게 선녀처럼 떠받들어지며 살아왔으니 어떤 남자가 눈에 차겠는가?

하지만 기무결은 예외였다.

그는 왕혜령의 환심을 사려고 달콤한 말 한 번 한 적이 없었고, 그녀를 대함에 있어서도 별로 마음의 동요 같은 것이 느껴지지 않았다.

지금만 해도 그랬다.

그녀는 왕척의 특명 아닌 특명으로 기무결에게 감사의 마음을 전하려 했다.

아마 다른 사람이었다면 그녀가 먼저 다가와 말을 걸어주는 것만으로도 감격스러워했겠지만, 기무결은 여색에 담백한 편이었다. 절세미녀라고 딱히 더 시선이 가거나 행동이 달라지는 성격이 아니었다.

오히려 그는 육정수가 대작을 핑계로 승부를 걸어오지 않았다면 미련 없이 무림맹으로 돌아갔을 것이었다.

더 이상 기무결이 천왕세가에 남아 있을 이유가 없었다.

이미 기해극의 의뢰는 무사히 완수한 상태였다.

기소린과 왕소군의 불륜 사건은 사실이 아니라는 것이 밝혀졌다.

지하뇌옥에 갇혀 있던 기소린은 그날 바로 풀려나 무림맹으로 돌아갈 수 있었고, 왕소군 역시 석대공이 직접 사과를 하는 것으로 그동안 잃었던 그녀의 명예를 회복시켜 주었다.

세간을 떠들썩하게 만들었고 무림맹과 마황성 사이에 전쟁으로 비화될 조짐까지 있을 정도로 심각했던 사안이 순식간에 해결된 것이다.

일각에 따르면 기소린은 마황성에 침투했던 간세에게 우연히 사령신단의 정보를 입수하고 조사하던 중 왕소군을 만났다고 한다. 그리고 사령신단의 존재가 사실이라는 것을 알게 된 기소린은 무림을 구하기 위해 기꺼이 불륜 행각에 동참했다고 전해졌다.

하긴 기소린 입장에서도 선택의 여지가 없었을 것이었다. 석헌중이 사령신단을 복용하고 마황성을 접수하면 그다음 목표는 무림맹이 될 것이 뻔하기 때문이었다.

어쨌든, 기소린 역시 잃었던 명예를 회복했고, 순식간에 천장 낭떠러지로 추락했던 기씨세가와 기해극의 명예도 온전히 되찾을 수 있었다.

일촉즉발까지 갔었던 무림맹과 마황성 사이의 전쟁도 유야무야 없던 일로 끝나게 된 것은 당연지사.

천하무림은 오랜만에 평화를 맛보며 뜨겁게 반응했다.

무림맹도 마황령에 버금가는 무림패를 돌려 구파일방의 장문인들과 육문칠가의 가주들을 소집했고, 정마대전의 전운이 더욱 감돌던 중이었다.

이 모든 것이 다 기무결이 중간에 개입해서 해결한 덕분이었다. 가뜩이나 기무결의 명성은 구룡겁화 이후로 무섭게 높아지고 있는 중이었다.

한데, 정마대전 직전까지 갔던 사건을 평화롭게 해결했으니 그의 이름이 또 한 번 무림을 강타한 것은 너무도 당연한 일이었다.

기무결은 밤새도록 만검비와 육정수 두 사람과 대작을 벌였다.

처음 시작은 자못 심각하다 못해 비장하기까지 했다.

육정수는 술귀로 통했다. 그는 밥은 굶어도 술은 매일 마셔야 하는 성격이었고, 만검비 역시 무공 방면에서 이미 기무결에게 패한 직후였기 때문에 술만큼은 질 수 없다는 자존심이 걸려 있었다.

그렇게 시작된 대작이었다.

하지만 한 잔이 두 잔 되고 두 잔이 세 잔으로 변하면서 그들은 점점 화통하게 마셔댔다. 작은 술잔으로는 성에 차지 않았고, 나중에는 각자 술동이째 들고 벌컥벌컥 마셨다. 누가 보면 무식하기 짝이 없는 모습이었지만, 원래 술은 통쾌하게 마셔야 더 맛있는 법이다.

싸우면서 친해지듯 술을 마시면서 마음이 통하는 것이 사나이들의 세계.

화통하게 술을 마시는 사람 중에 마음이 좁쌀 같은 인간을 찾아보기 드물다.

만검비와 육정수는 화끈하게 마셔대는 기무결이 마음에 들었고, 기무결 역시 호탕한 성격의 만검비와 육정수에게 지고 싶지 않았다.

"헛헛! 자네가 요즘 한창 천하를 진동하는 일초무적자였단 말인가?"

"이거 소문으로 들었던 것보다 더하군. 구룡겁화를 해결하고 변황삼패를 때려잡았다는 말이 그냥 생긴 게 아니었어."

만검비와 육정수는 기무결의 정체를 알고 놀라워했다.

비록 기무결이 마도의 인물이 아니라는 것에 잠깐 아쉬워했지만, 그들은 자유분방했다. 기무결과 술을 대작하고 어울리는 것에 조금의 망설임도 없었다.

한편, 왕혜령은 밤새도록 그들 옆에서 시중을 들고 잔심부름을 했다.

그녀는 밤새 같이 있다 보면 기무결과 싫든 좋든 한마디 정도는 할 줄 알았는데 이게 웬걸?

기무결은 처음부터 끝까지 그녀를 아랑곳하지 않고 곁눈질로도 그녀에게 시선 한 번 주지 않았다.

그녀가 기무결의 술잔에 술을 따라주었을 때도 그랬다.

그때만큼은 시선을 그녀에게 향할 줄 알았지만, 기무결은 그때에도 만검비와 육정수를 쳐다보았다.

왕혜령은 문득 기녀원의 기생들에게도 이렇게까지 무심하게 대하지는 않을 것 같다는 생각이 들었다.

기무결이 자신의 정체를 만검비와 육정수에게 말한 것만 해도 그랬다. 기무결이 처음 그녀에게 자신을 소개할 때 황실의 요원이라고 하지 않았던가?

그렇다면 적어도 그녀에게 왜 거짓말을 했는지 한마디라

도 변명하는 게 정상인데 기무결은 전혀 미안한 기색조차 없었다. 아니, 애초에 그녀에게 황실 요원이라고 거짓말한 것을 기억하기는 하는지조차 의문이었다.

하지만 기무결이 단순히 여색에 무심해서 그런 것만은 아니었다.

그는 왕혜령의 눈빛 속에서 감사의 마음을 넘어 자신에 대한 호감을 읽을 수 있었다.

기무결이 곳곳에 정을 뿌리고 다니는 성격이라면 얼씨구나 좋아했겠지만, 그게 아닌 이상 자신의 마음을 확실하게 전하는 것이 좋을 터였다.

어찌 된 게 마도의 여인들만 만나면 분위기가 이상하게 흘러갔다.

철예군과는 아직 해결하지 못한 일이 남아 있었고, 철산호를 피해 도망치듯 마황성에서 천왕세가로 오지 않았던가?

그렇다면 왕혜령만큼은 터럭만큼도 여지를 남겨두어서는 안 되는 일이었다.

기무결이 자신의 정체를 밝힌 것도 처음부터 의도적인 일이라 할 수 있었다.

이런 식으로 실망스러운 모습을 보이면 아무리 좋게 생각해도 호감을 갖긴 어려울 거라고 생각했다. 또한 밤새도록 왕혜령에게 자신의 뜻을 보여주기 위해 시종일관 그녀를 무시하거나 안중에 없는 태도로 일관했다.

'이 정도면 마음을 접었겠지.'

술자리는 새벽까지 계속 이어지다 해가 뜰 무렵 끝났다.

그들은 나중을 기약하고 혈비삼로를 포박한 채 마황성으로 떠났다.

기무결은 쓴웃음을 지었다. 마도와는 무조건 거리를 두며 지내야 하는데, 오히려 점점 더 마도와 얽혀드는 기분이었다.

기무결도 왕혜령에게 작별을 고했다.

그녀가 며칠 더 천왕세가에 머물다 가라고 간청을 했지만, 기무결은 마음만 고맙게 받겠다며 일언지하에 거절했다. 그녀의 눈빛에 당황한 기색과 더불어 씁쓸한 기운이 묻어 나왔다.

기무결은 그녀가 아직 자신에 대한 감정을 포기한 게 아니라는 것을 깨닫고 깜짝 놀랐다. 그렇게까지 했는데도 이게 무슨 조화인지 몰랐다.

하지만 지금 헤어지면 영원히 다시 만날 일도 없을 테니 굳이 자신이 계속 신경 쓸 필요가 또 있을까?

그는 바로 천왕세가를 떠나 무림맹으로 향했다.

하나 기무결은 절세적인 미모를 지닌 미녀들의 자존심을 간과하고 있었다.

왕혜령은 이렇게까지 자신을 차갑게 대하고 시종일관 무시하는 사람은 본 적이 없었다. 그녀의 고고하고 도도한 자존심에 금이 가면서도 한편으로는 오기가 생겼다.

기무결이 만검비, 육정수와 술잔을 기울이며 그녀를 아랑곳하지 않을 때마다 묘하게 그런 기무결의 행동이 더 그녀의 마음을 사로잡았다.

자기가 잘났으면 얼마나 잘났다고. 그녀는 아직 기무결에게 강북제일미녀의 매력을 십분지 일도 보여주지 못한 것이다.

二

—무학총론

기무결이 무공서고에서 들고 나온 책이었다.

그동안 기소린과 왕소군의 불륜 사건을 해결하느라 정신이 없어서 미처 책을 읽어볼 여유가 없었다가 무림맹으로 돌아가는 동안 시간이 날 때마다 책을 읽기 시작했다.

무학총론은 결코 무공비급은 아니었다.

그저 먼 옛날부터 지금까지 무공의 특징을 논하고 서열을 정해놓은 책이었다.

구파일방의 무공의 특성이 어떤지 육문칠가의 무공은 또 어떤 특성을 가지고 있는지 적혀 있었다. 그게 일 장이었다. 그리고 이 장에서는 마도의 문파들과 무공과 특징들이 열거되어 있었고, 삼 장에는 사파의 역사와 무공의 특징들이 적혀 있었다.

일반적인 무림인이라면 모두 알고 있는 일이었다.

하긴 이런 것들이 적혀 있었으니 무공서고에서 누구도 선택하지 않았을 것이다.

하지만 기무결은 무림에 몸을 담은 지 고작 이 년 정도밖에 되지 않았고, 그나마도 동창의 감옥에서 지낸 일 년을 빼면 무림의 경험이 일천하기 짝이 없었다. 때문에 기무결에게는 무학총론에 나온 내용들은 대부분 생소하면서도 뼈가 되고 살이 되는 것들이었다.

무학총론의 사장에서는 무공의 서열이 나열되어 있었다.

이건 거의 책 마지막에 위치해 있어서 그나마도 읽은 사람이 전무할 것 같았다.

그래도 내용은 제법 흥미로운 것이었다.

그럴 수밖에 없는 것이 지금까지 무림에 나왔던 모든 무공을 총망라해서 순위를 매겼기 때문이었다.

소림사의 칠십이종절예나 무당파의 무공 등이 상당히 높은 순위에 있었다. 마도의 무공들과 사파의 절기들도 높은 순위에 한자리씩 차지하긴 했지만, 십 위부터 일 위까지는 모두 고금오대무공과 고금오대마학이 차지했다. 이는 어느 정도 예상한 일이었고, 고금오대무공과 고금오대마학의 위력은 누구도 이의를 제기하기 어려웠다.

하나 기무결이 문득 눈살을 찌푸렸다.

아홉 개의 무공은 똑같은 순위인 데 반해 딱 하나의 무공만이 유일하게 일 위로 올라가 있었던 것이다.

—제왕심결

기무결도 들어본 적이 있는 무공이었다.

황실에서 흘러나온 것으로 추정되는 제왕심결은 지금까지 무림에 딱 두 번 등장했을 뿐이지만, 그때마다 모든 만마를 제압하며 당당히 고금오대무공 중 한자리를 차지할 수 있었다.

제왕심결의 전설은 많이 있었지만, 그렇다고 다른 아홉 개의 무공을 압도한다는 것은 솔직히 어불성설이란 생각이 들었다.

—고금오대무공과 고금오대마학 중 어떤 무공이 가장 강할까? 노부의 사소한 호기심에서 시작된 것이…….

그렇게 시작된 말이 끝내 기무결을 충격에 빠뜨리고 말았다.

三

"부국주님, 드디어 기무결과 관련된 정보를 찾았습니다."

"그것이 사실이냐?"

사도옥이 눈빛을 사납게 반짝거렸다.

그는 지난 이 년 동안 허탕만 쳐왔지만, 여전히 중원 곳곳을 이 잡듯 뒤져가며 기무결의 뒤를 쫓고 있었다.

"혹시 일초무적자란 자의 소문을 들어보셨는지요."

"구룡겁화인지 뭔지를 해결했다는 그 일초무적자 말이냐?"

"부국주님께서도 들어보셨군요. 기무결의 모습과 일초무적자의 용모파기가 상당 부분 일치하고 있습니다."

"흐음. 그럴 리가……."

전혀 생각 못한 일이었다.

설마 감찰총국의 추격을 따돌리기 위해 무림맹으로 숨어들어갔단 말인가?

아마 다른 사람이었다면 터무니없는 소리라며 일축했을 것이었다.

하지만 상대는 상식을 뒤엎는 기무결이었다.

그는 이미 감찰총국의 추격을 따돌리기 위해 동창의 감옥에 들어갔다 나온 전례가 있기 때문에 무림맹 안으로 숨어들어 가지 말라는 법도 없었다.

"좋아. 용모파기가 일치하는 이상 이번에는 반드시 네놈을 잡고 말테다."

사도옥의 입술이 잔인하게 비틀어졌다.

상대가 무림맹이니만큼 무작정 충분히 협조를 구하고 조사를 실시할 생각이었다.

"그건 그렇고 영평공주의 행방은 계속 뒤쫓고 있겠지?"

"예, 부국주님! 현재 가는 방향으로 보아서 하남이 최종 목적지가 될 것 같습니다."

"하남이라……?"

"영평공주의 외가가 하남성 정주에 있습니다."

"흐흐, 그렇군."

사도옥이 비릿하게 웃었다.

영평공주가 제법 머리를 굴리긴 했지만, 드디어 실마리를 찾은 기분이었다.

천하의 그 어떤 것도 사도옥의 눈을 속일 수 없었다.

영평공주는 처음엔 홍수 피해 지역을 돕기 위해 황실을 나섰었다. 그러다 재정 지원이 여의치 않다는 이유로 지역 유지들을 만나러 다녔었고, 나중엔 고아들과 과부들을 돕겠다며 정식으로 후원금을 모금했다.

여기까지만 보면 그리 이상할 것도 없었다.

오히려 어렵고 불쌍한 사람들을 돕는 것이니 칭찬해야 마땅한 일이었다.

하지만 상대는 바로 사도옥이었다.

그는 영평공주의 행동들이 단지 보여주기 위한 것들이란

생각을 지울 수 없었다. 더구나 톱니바퀴가 척척 맞아떨어지듯 영평공주는 황궁을 나온 이후 여러 가지 일을 벌여놓고 있었다. 재정 지원이 여의치 않아서 지역 유지들을 만나는 것이 아니라 뭔가 다른 꿍꿍이가 있는 것 같은 느낌이 들었다.

과연 그의 생각은 적중했다.

영평공주는 고아들과 과부들이 살 수 있는 보금자리를 만들겠다는 핑계로 이곳저곳 땅을 보러 다녔다. 그렇게 며칠 동안 땅을 보러 다니던 영평공주가 어느 날 돌아오지 않았던 것이었다. 완전히 사라진 것이다.

만약 그녀의 행동에 의문을 느끼지 못하고 사람을 붙여놓지 않았다면 사도옥도 적잖이 낭패를 겪었을 것이었다.

"크크, 우리가 뒤쫓고 있다는 건 꿈에도 모를 테지."

원래 감찰총국과 영평공주는 오래전부터 같은 물건을 찾고 있었다.

하지만 그 목적은 전혀 달랐다.

감찰총국은 그 물건을 찾아서 지금의 황실을 뒤엎으려고 하는 것이었고, 영평공주는 물건을 제거해 황실을 유지하려 했다.

그건 어찌 보면 별 볼 일 없는 물건이었다.

어디서나 흔히 볼 수 있는 책자에 불과했고, 어느 가문의 족보가 담겨 있었다.

그것도 중원의 가문이 아닌 동쪽의 나라인 고려였다.

그랬다.

고려 가문의 족보가 담긴 책자 때문에 감찰총국과 영평공주가 오랫동안 전쟁 아닌 전쟁을 벌이고 있는 중이었다.

남들이 알면 어이없어할지도 모른다.

족보가 담긴 책자가 무에 그리 중요할 것이며 더구나 중원과 상관도 없는 고려 가문의 족보는 더더욱 그러할 것이니 말이다.

하나 그 안에 담긴 내용은 천하를 뒤엎을 만한 것이었다.

그건 절대 세상에 알려져서는 안 되는 비사였다.

四

—고금오대무공과 고금오대마학 중 어떤 무공이 가장 강할까?

이는 기무결도 평소 궁금해하던 사안이었다.

호랑이와 사자가 싸우면 누가 이길지 궁금해하는 것과 똑같은 이치였다.

하지만 애초에 고금오대무공과 고금오대마학 사이에 순위를 매기고 서열을 정하는 건 불가능한 일이었다. 그도 그럴 것이 고금오대무공과 고금오대마학은 단 한 번도 동시대에 나타난 적이 없었다.

또한 그 위력이 너무도 초절해서 전 무림이 무공을 익히는 것은 물론이고 가지고 있는 것만으로도 무림공적으로 간주하겠다고 선포하지 않았던가? 당연히 무공을 익혔다고 해도 그것을 대놓고 드러낼 사람이 없었다. 당장 기무결만 하더라도 사람이 많은 곳에서는 가급적 천무은형잠종대법을 펼치지 않았다.

한데 무학총론의 저자는 제왕심결을 당당히 서열 일 위로 올려놓았다.

처음에는 터무니없는 소리라며 일축했던 기무결이었지만, 이내 두 눈을 크게 치떠야만 했다.

―노부의 사소한 호기심에서 시작된 일이었다. 평생을 걸쳐 천하를 몇 번이나 주유하고 심산계곡을 찾아다녔는지 모른다. 그리고 마침내 노부는 소기의 목적을 달성할 수 있었다. 고금오대무공과 고금오대마학을 모두 만나고 직접 겨루어볼 수 있었으니 말이다.

기무결은 자신의 눈을 의심했다.

이게 도대체 가능한 일이기는 한 것일까?

천하에 고금오대무공과 고금오대마학을 모두 만나본 사람이 있다는 것도 놀라웠지만, 그 열 개의 무공과 직접 겨루어 보고도 살아남은 사람이 있다는 것은 아예 불가능한 일이었다. 하나 미치광이 노인이 헛소리를 지껄이는 것 같진 않았다.

"도대체 이 노인이 누구이기에?"

노인의 정체는 어렵지 않게 찾을 수 있었다. 가장 맨 뒷장에 글을 끝맺으면서 자신의 이름도 기록해 두었기 때문이었다.

—다른 고금무공과는 노부가 딱히 우위를 점하지도 못했지만, 그렇다고 패하지도 않았다. 서로 장단점이 있기에 서로 우위를 점하지 못하고 비겼던 것이다. 하지만 제왕심결은 세 번을 만나 모두 노부의 패배로 끝나고 말았다. 그나마 마지막 세 번째는 삼백 초 이상을 버틴 것이 유일한 위안거리였다. 제왕심결의 무서운 점은 단순히 보는 것만으로도 상대의 장점과 단점을 파악할 수 있다는 것이다. 어떻게 이게 가능할까? 평생을 고민해 보았지만, 끝내 파훼법을 찾지 못했다. 아무튼, 제왕심결은 노부가 어떻게 움직일지를 미리 파악하고 대비할 수 있었고 번번이 노부의 삼백육십 개의 신궁의 궤적을 모조리 무력화시켰다. 그건 다른 무공을 펼쳐도 마찬가지였으니 제왕심결의 위력은 상대의 무공을 단박에 간파하는 것이 확실하리라.

"아!"

기무결이 놀라운 표정으로 탄성을 터뜨렸다.

신궁과 삼백육십 개의 화살.

그렇다면 고금오대무공 중 하나인 신궁천품밖에 없었다.
인간의 힘으로 단번에 삼백육십 개의 화살을 쏘아내는 건 불가능한 일이었다.
더구나 신궁천품의 무서운 점은 삼백육십 개의 화살이 모두 강기로 만들어낸 화살이라는 것이었고, 시전자의 뜻에 따라 방향을 자유자재로 움직일 수 있는 이기어시로 조종된다는 점이었다.
때문에 그 위력은 인간의 힘으로는 절대 막을 수 없는 것이었고, 강호에 전해져 내려오는 전설에 따르면 매천강은 평생 백 개 이상의 화살을 만들어낸 적이 없다고 알려져 있었다.
한데, 그런 그가 삼백육십 개의 화살을 모두 날리고도 삼전전패를 겪었다니.
도무지 믿어지지 않았다.

―여기 신궁천품의 심결을 적어놓는다. 오직 이 글을 끝까지 인내하며 읽은 자만이 심결을 취할 수 있을 터. 오로지 인내하는 자만이 대성을 이룰 수 있다. 하지만 제왕심결을 만난다면 절대 부딪치지 마라. 가급적 황궁이 있는 곳도 멀리하기를 권한다.

역시 기무결의 예상대로 신궁천품이었다.
이것으로 벌써 네 번째였다.
기무결과 고금무공과의 인연은 두려울 정도로 깊었다.

기무결은 전혀 생각지도 못한 상황에서 또 하나의 기연을 손에 넣은 셈이었다. 열 개의 고금무공 중에서 벌써 네 개를 손에 넣은 것이다. 그중에서 사황파천신공의 경우는 절반만 익힌 셈이었지만, 그래도 그 여파는 실로 적지 않았었다.

심결의 내용은 생각보다 짧은 편이었다.

하지만 하나같이 심오한 뜻을 담고 있어서 오랜 시간을 두고 연구하고 수련을 해야 대성할 수 있을 것 같았다.

신궁천품은 기존의 천무은형잠종대법이나 천지기하천하무적공 그리고 사황파천신공과는 또 다른 특징을 가지고 있었다.

세상에 똑같은 무공이 없다는 것을 다시 한 번 느낀 것이다.

신궁천품은 막강한 공력으로 활과 화살을 만들어내는 것이 가장 큰 특징이었다.

또한 공력의 깊이 여부에 따라 최대 삼백육십 개의 화살을 만들고 또한 단번에 펼칠 수 있었다.

기무결은 천무은형잠종대법에서는 각종 살인기예를 배우고 바람과 구름을 이용해서 은신할 수 있는 방법을 터득했다. 천지기하천하무적공으로는 만류기종이라 해서 천하의 모든 공력을 하나로 조화롭게 만들 수 있었다.

그에 반해 신궁천품은 우주 만물의 모든 정화가 담겨 있었다. 눈 깜짝할 사이에 삼백육십 개의 화살을 만들고 일제히 펼칠 수 있으려면 그리고 삼백육십 개의 화살을 자유자재로 조종하려면 우주에 존재하는 모든 기운을 마음먹은 대로 움직일 수 있어야 가능하기 때문이었다.

이는 도저히 인간의 무공이 아니었다.

가히 신이 되어야 펼칠 수 있는 무시무시한 무공이었다.

그렇다면 제왕심결은 도대체 얼마나 무서운 무공이란 뜻인가?

기무결은 상상도 할 수 없었다.

황궁과 제왕심결.

그렇게 또 하나의 변수가 생겨나는 순간이었다.

五

—태조 주원장이 태어난 곳은 고려라는 소국이다.

황당하기 짝이 없어 보이는 말이지만, 전혀 근거 없는 이야기가 아니었다.

주원장의 출신 내력은 정확하게 알려진 것이 없었다. 죽는 그 순간까지 그의 생가가 어디이고 부모 형제가 누구인지 밝혀지지 않은 것이다.

하지만 묘하게도 고려의 어느 마을에서 주원장과 똑같은 이름과 비슷한 내력을 지닌 사람이 발견되었다는 것이었다. 우연의 일치일 수도 있겠지만, 그냥 지나치기에도 뭣한 것이 당시 주원장을 보좌하던 자 중에 유독 고려 출신의 인물이 많았다.

더구나 주원장이 황제가 되기 전에 그는 고려 출신의 여인을 아내로 맞았는데, 그 여인에게서 태어난 사람이 훗날 영락제가 된다. 물론 주원장은 나중에 문제가 될 것을 우려해 영락제의 모친을 다른 사람으로 바꾸어놓았다. 영락제 또한 자신의 친모를 세상에 드러내지 않았다. 이로 인해 영락제의 모친이 누구인지에 대한 말들이 많았다.

어쩌면 이것이 결정적인 것인지도 몰랐다.

주원장의 출신 내력은 어쩔 수 없다고 쳐도 영락제가 건문제를 밀어내고 황제의 보위에 오른 건 생각보다 문제가 심각했다.

자부심이 유독 강한 중원인들로서는 받아들이기 어려운 일이었다.

어찌 그렇지 않겠는가?

겨우 원나라를 몰아내고 중원을 회복했다 싶었더니 이번엔 고려라는 소국이 떡하니 대명제국을 차지한 꼴이 되었으니 말이다.

처음 이 같은 사실이 알려진 것은 십여 년 전이었다.

누군가 주원장의 내력에 의문을 품고 조사를 시작했고, 결국 영락제의 모친이 고려인이라는 것까지 알게 되었다.

여기저기에서 반발이 일었다.

당장에라도 지금의 황제를 몰아내고 새로운 적통으로 보

위를 이어야 한다는 목소리가 강하게 흘러나왔다.

하나 그러기 위해서는 명분이 필요했다.

적어도 주원장과 영락제가 고려인이라는 것을 증명할 그 무언가가 필요했던 것이다.

하지만 불행히도 이를 증명할 증거가 없었다. 주원장과 영락제가 자신들과 관련된 내력을 모두 지워 버렸던 것이다.

그렇다고 여기서 포기할 자들이 아니었다.

그들은 끝까지 물고 늘어졌고, 증거를 찾으려고 천하를 이 잡듯 뒤졌다.

여기에는 감찰총국을 비롯해서 수많은 사람이 가담했다.

어찌 보면 역심을 품고 나라를 반역하려는 것이기에 마음이 꺼려질 수도 있는 일이었지만, 의외로 대부분의 사람이 뜻을 같이하고 있는 상태였다. 그들은 무림의 세력들까지 포섭해서 반역의 세력을 점점 키워 나갔다.

뜻을 같이하지 않는 자는 가차 없이 제거했다.

그들 입장에서는 협조하지 않는 것이야말로 반역이고 나라를 팔아먹는 일이라 생각했다.

그렇게 십여 년이 흘렀다.

지금의 황실은 완전히 고립무원 상태였다.

대부분의 신하가 등을 돌렸고, 사사건건 황제의 뜻에 반대하고 나섰다. 하다못해 수족이 되어야 할 환관들까지도 황제를 외면하는 판국이었다.

이제 그것도 얼마 남지 않았다.

주원장과 영락제의 내력이 담긴 족보 책자만 손에 넣을 수 있다면 이놈의 황조도 끝장이었다.

황실은 물론이고 무림의 세력까지 완벽하게 동조하고 있기 때문에 한 번 들고 일어서면 지금 황제의 능력으로는 며칠 버티지 못하고 무너져 버릴 것이었다.

"반드시 그 책자를 손에 넣어야 한다."

"부국주님, 영평공주가 외가에 들어갈 때까지 지켜봐야 하는 겁니까?"

감찰총국은 무림문파들만 감시할 수 있었다.

영평공주의 외가는 상당히 유서 깊은 유림의 가문으로 감찰총국의 사찰이나 감시의 대상이 될 수 없었다. 자칫 외가에서 모종의 움직임이 일어나면 손을 쓸 수 없다는 소리였다.

"그건 걱정하지 말고 앞으로 영평공주가 누굴 만나는지 하나도 빼놓지 말고 감시하도록."

외가에서 일이 벌어질 가능성은 없다.

그렇지 않았다면 굳이 영평공주가 홍수 피해를 핑계 삼아 외가로 가는 일도 없었을 것이기 때문이었다.

'분명 영평공주만이 접촉 가능한 자가 있을 것이다.'

第十章 신궁천품

一

'분명 영평공주만이 접촉 가능한 자가 있을 것이다.'

그래야 말이 된다.

접촉하려는 자는 의심이 많고 꽤나 신중한 성격 같았다.

영평공주의 외가도 믿지 못하고 무조건 영평공주에게 물건을 건네주려는 것을 보면 말이다.

하긴, 물건이 잘못 전달되어지면 황제가 죽고 반란이 일어날 수 있었다. 최대한 신중해질 수밖에 없는 건 당연한 일이었다.

"영평공주와 접촉하는 자에게 물건이 있을 것이다. 접촉할 때까지 기다렸다가 현장을 덮친다."

"알겠습니다, 부국주님!"

이제 토끼몰이를 할 시간이었다.

이 싸움은 사도옥이 승기를 잡았고, 그가 이길 수밖에 없는 싸움이었다.

하지만 사도옥은 방심하지 않았다. 영평공주는 무공을 모르는 나약한 여인이지만, 생각보다 심기가 깊었다.

"아!"

사도옥은 영평공주의 처리 문제로 잠시 기무결을 잊고 있었다.

우선순위를 보면 영평공주의 문제를 먼저 처리하는 게 맞다.

더구나 기무결은 무공을 익히지 않았을 때도 자신을 감쪽같이 속여 넘긴 적이 있을 만큼 교활하기 짝이 없는 자였다.

하물며 구룡겁화를 해결할 정도로 무공이 강해진 지금은 두말할 나위도 없을 터.

어설프게 대응을 했다가 놈에게 경각심만 심어주고 어둠 속으로 꽁꽁 숨어 두 번 다시 만나지 못할 수도 있었다.

"호남지부에 연락을 해서 일단 놈의 인상착의가 맞는지만 확인하도록."

"존명!"

二

하남에 들어서자 공기부터 달라졌다.

딱히 말로 설명하긴 어려웠지만, 왠지 팽팽한 긴장감이 느껴졌다.

그렇다고 뭔가 달라진 것이 있는 것도 아니었다.

거리에 오고가는 사람들은 평범한 사람으로 등에 짐을 한가득 지고 가는 사람이 있는가 하면 수레를 끌고 지나가는 사람들도 있었다. 한쪽에서는 장사를 하는 사람들도 있었고, 개울가에는 빨래를 하는 여인들도 있었다.

"자, 잠깐!"

기무결은 뭔가 번쩍하고 떠올랐다.

이제야 팽팽하게 느껴지던 긴장감의 실체가 무엇인지 알 것 같았다. 평범한 사람들 틈에 정제된 동작으로 움직이고 자들이 있었던 것이다.

"황실 요원들이다."

정확하게 말하면 감찰총국 요원들이었다.

기무결은 동창의 감옥에서 일 년 동안 썩어보기도 했고, 감찰총국의 요원들에게 지난 이 년 가까이 쫓겨 다녀봐서 안다.

동창의 요원들은 환관들인지라 얼굴에 수염이 나지 않았다. 설령 가짜 수염을 붙여서 환관처럼 보이지 않게 변장한다고 해도 얼굴에 분을 칠해서 요상하게 보이는 경우가 많았다.

그에 반해 감찰총국의 요원들은 환관이 아니었다.

이는 황실의 금군과도 같은 개념이지만, 금군이 군대의 병사들이라면 감찰총국의 요원들은 동창과 금의위처럼 특무조직의 하나라는 사실이었다.

기무결은 살며시 눈살을 찌푸렸다.

감찰총국의 요원들은 감찰이라 수놓은 관복을 항상 입고 다닌다. 그런 그들이 변장을 하고 은밀하게 움직이고 있다는 것은 상당히 중요한 임무를 수행하고 있다는 뜻이었다. 그리고 그건 어쩌면 자신과 관련된 것일지도 몰랐다.

"설마 나를 잡기 위해?"

최근에 그답지 않게 너무 대책 없이 행동하긴 했었다.

신창양가장 사건은 어쩔 수 없었다 해도 구룡겁화는 천하무림을 떠들썩하게 만들었으니 감찰총국이 이를 모를 리 없었다.

"그렇다면 정체가 탄로 났다고 생각해야겠군."

다른 것보다 앞으로 보물을 찾는 데에 상당한 지장이 생길게 불을 보듯 뻔하다는 것이었다.

일이 꼬인 건 분명했다.

제갈무외가 그의 신분내력을 의심하고 있는 상황에서 감찰총국까지 가세한 셈이니 엄청난 악재인 것이다.

아마 예전이었다면 도망칠 생각부터 했을 것이다.

하지만 지금은 크게 개의치 않았다. 아침 산보를 하듯 느긋한 표정으로 대로를 활보했다. 어디 한번 능력이 되면 잡아보라는 식이었다.

그는 대담하게 객잔으로 들어가 턱 하니 자리를 잡고 음식을 주문했다. 술도 한 병 주문했다. 빈자리가 몇 개 있었지만, 기무결은 창가에서 멀리 떨어진 구석진 자리에 앉았다. 이것 역시 자신감의 표현이었다.

객잔 밖의 상황이 안 보이니 감찰총국에서 객잔을 포위하고 나서면 꼼짝없이 갇히고 만다.

때문에 경험이 많은 자들은 도주로를 염두에 두고 자리를 잡곤 한다. 하물며 술까지 마신다는 건 터무니없는 일이었다.

하나 기무결은 천하에 두려울 것이 없었다.

그의 공력은 신화경에 올랐고, 마음만 먹으면 천하에 하지 못할 것이 없었다. 설령 감찰총국의 천라지망에 갇힌다 해도 그에겐 가공할 경공이 있었다.

三

중국은 예로부터 순수한 혈통만을 선호하고 다른 민족의 피가 섞인 것을 혐오한다. 이는 자신들만 옳고 나머지는 모두 오랑캐라 여긴 것에서 극명하게 나타난다.

하물며 황실의 사람들은 오죽할까?

주원장이 고려인이며 영락제의 모친 역시 고려인이라는 사실은 받아들이기 힘든 현실이었다. 이는 그들의 고고한 자존심에 먹칠을 하는 것이나 마찬가지였다.

그들은 원나라를 몰아냈듯 영락제의 후손들도 몰아내려 했다.

하지만 그건 결코 쉬운 일이 아니었다. 주원장과 영락제는 자신들의 출신내력이 고려라는 것을 인정하지 않았고, 그들의 출생과 관련된 증거는 어디에도 없었다.

명나라를 갈아엎으려면, 아니, 적어도 지금의 황제만이라도 제거해서 고려의 흔적을 완전히 지우려면 확실한 증거가 필요했다.

지난 십여 년은 증거를 찾으려는 자와 그것을 없애려는 자들 사이에 피를 말리는 전쟁이라 해도 과언이 아니었다.

하나 그건 어디까지나 수면 아래에서 은밀하게 진행되고 있었다. 황실에 있는 사람들이라 해도 알고 있는 자보다 모르는 자들이 더 많았다.

하물며 황실 밖에 있는 백성들은 두말할 나위도 없었다.

사실 영평공주 자신만 하더라도 처음에 자신의 몸속에 고려의 피가 흐르고 있다는 것을 믿지 않았었다.

이는 그저 황권을 쥐고 흔들려는 간악한 무리의 술책이라 생각했었다.

하지만 어느 날 그녀의 부친인 선덕제가 심각한 표정으로 황실의 운명이 걸린 일이라며 그녀에게 진실을 고백했었고, 그날 그녀는 하늘이 무너지는 충격에 빠지고 말았다.

그녀로서도 감당하기 어려운 일이었다. 평생 친아버지라고 알고 있던 부친이 사실은 양아버지였다는 것을 알게 되었을 때의 충격이 이럴까?

그녀는 충격에 휩싸인 나머지 며칠 동안 방에 틀어박혀 두문불출했다.

그렇다고 언제까지 이대로 넋 놓고 있을 수는 없었다.

황실에는 자신들의 출생을 만천하에 알리려는 자들이 있었다. 만약 자신들의 뜻대로 고려인의 출신내력이 밝혀지면 그자들은 천하를 충동질해서 반란을 일으킬 것이 뻔했다.

영평공주는 그것을 막기 위해 백방으로 뛰어다녔고, 그녀의 노력이 가상했던지 하늘이 그녀에게 먼저 족보 책자를 찾을 수 있도록 도와주었다.

마음 같아서는 찾는 즉시 그 자리에서 책자를 불태워 버려야 정상이지만, 그게 진품인지 아니면 다른 집안의 족보인지 확인이 필요했다. 그리고 그것을 확인할 수 있는 사람은 선덕제와 그녀 두 사람뿐이었다.

영평공주가 용선사에 오른 것은 정오 무렵이었다.

그녀는 외가에 올 때마다 용선사를 방문해서 능숙한 걸음으로 용문각 앞에 도착했다.

용선사는 정주의 명물 중 하나였다. 사시사철 방문객들이 끊이지 않는 것으로 유명하지만 정주의 명물로 자리 잡을 수 있었던 이유는 용문각이라는 칠층석탑 때문이었다.

영평공주의 얼굴은 다소 상기되어 있었다. 아무리 마음을 가다듬으려 해도 긴장이 되는 건 어쩔 수 없었다.

용문각 칠 층에서 접선을 가질 예정이었다.

그러니 어찌 긴장이 되지 않겠는가?

이번 책자가 진짜 그녀 집안의 것이라면 그 자리에서 불태워 버릴 생각이었다. 그럼 지난 십여 년 동안 끊임없이 황실을 쥐고 흔들었던 자들도 더 이상 어쩌지 못하리라.

쓰윽!

영평공주가 용문각 안으로 들어서기 전에 주변을 살펴보았다. 곳곳에 방문객들이 돌아다니고 있었지만, 그녀를 주목하는 사람은 아무도 없었다.

내심 안도의 한숨이 내쉬어진다. 그제야 조금 마음이 진정되는 것 같았다. 하긴 그 누구도 그녀가 정주에 온 것을 모르고 있을 터였다. 특히 감찰총국의 시선을 따돌리기 위해 얼마나 고생했는지 몰랐다.

접선 장소를 그녀의 외가가 아닌 용선사로 정한 것은 혹시 감찰총국이 외가에 심어놓았을지도 모를 자들의 시선을 피하기 위해서였다. 감찰총국은 정말 치밀하고 무서운 자들이었다. 협박과 회유는 물론이고 몇십 년 지기들도 돌아서게 만들 만큼 이간질이 탁월해서 영평공주는 누구도 믿을 수 없었다.

'여기라면 안전할 거야.'

그녀는 망설이지 않고 용문각 안으로 들어섰다.

탑 안은 제법 넓었고, 각 층마다 사람이 적게는 사오 명, 많게는 십여 명 정도씩 있었다.

영평공주가 사 층을 지나 오 층 계단을 오르려고 할 때였다. 갑자기 그녀의 등 뒤로 누군가 다가서며 귓속말로 속삭이는 것이 아닌가?

"공주님, 소관입니다. 뒤돌아보지 마시고 자연스러운 동작으로 올라가십시오."

영평공주가 희미하게 고개를 끄덕이며 위로 올라갔다.

"한 장군님. 그동안 노고가 많으셨어요."

"노고라니요. 폐하와 공주님의 기대에 보답할 수 있어서 다행입니다."

한수관.

그는 금군의 수장이면서 영평공주의 외가 쪽 인물이었다. 또한 영평공주가 황실에서 유일하게 믿고 의지할 수 있는 인물이기도 했다.

"물건은 가지고 오셨나요?"

어느새 그들은 오 층을 지나 육 층을 오르고 있었다.

"혹시 몰라서 잠시 다른 곳에 보관해 두었습니다."

"잘하셨어요."

영평공주는 아쉬운 마음이 들었지만, 생각해 보면 그편이 더 안전할 것 같았다.

"그럼 지금 당장 물건이 있는 곳으로 가죠."

"소관이 공주님을 모시고……."

한수관이 말을 하다 말고 눈빛이 홱 변했다.

"왜, 왜 그래요? 한 장군?"

"놈들입니다. 용문사 주변에 감찰총국의 요원들이 쫙 깔려 있습니다."

"그, 그럴 리 없어요. 그들이 어떻게 여길 알고……."

영평공주의 안색이 하얗게 변했다.

"공주님! 혹시 공주님을 수행하던 무사들은 어디에 있습니까?"

"용문사 밖에서 기다리고 있어요."

"으음."

최악의 상황이었다.

어쩌면 오늘 목숨을 내놓아야 할지도 몰랐다.

사실 그가 죽는 건 그리 억울한 일이 아니었다. 문제는 영평공주만큼은 반드시 살려서 내보내야 한다는 것이었다.

'이곳에 사도옥만 없다면 그나마 일말의 가능성이 있을 것이다.'

한수관은 하늘에 빌고 또 빌어야 했다.

하지만 하늘이 그들을 외면했다.

선두에서 감찰총국의 요원들을 지휘하고 있는 자는 사도옥이었다.

그는 이른 아침부터 영평공주가 호위무사 몇 명만을 대동한 채 외가를 나서는 것을 보고 백 명도 넘는 감찰총국 요원을 평복으로 위장시키고 거리를 장악했다. 언제 어디서 어떤 방법으로 접촉할지 몰라 단순히 스쳐 지나는 사람들까지 모두 감시의 대상이 되었다.

"부국주님, 방금 영평공주가 용문각 안으로 들어갔다고 합니다."

"탑 안에도 요원들을 배치해 두었겠지?"

"각 층마다 한두 명씩 배치해 두었습니다."

이것 역시 사도옥의 지시였다.

영평공주의 발길이 용문사로 향하는 것을 보고 가장 먼저 떠오른 곳이 용문각이었는데 그 생각이 정확하게 적중했던 것이다.

사도옥이 비릿하게 조소를 흘렸다.

"흐흐, 드디어 접촉자의 신원이 밝혀지겠구나! 분명 그곳에서 접촉을 가질 것이다."

"지금 당장 덮칠까요?"

"아니, 잠시 대기. 물건을 꺼내는 순간 덮친다."

이미 백 명도 넘는 요원이 용문사를 가득 에워싼 뒤였다.

영평공주는 절대 빠져나갈 수 없었다.

四

기무결이 느긋한 표정으로 술과 음식을 다 먹었지만, 그때까지 감찰총국의 요원들은 나타나지 않았다. 그렇다고 객잔의 주변을 포위하는 움직임도 없었다. 음식을 먹다 보니 어느새 날이 어두워졌고, 객잔은 저녁을 먹으려는 손님들로 더욱 인산인해를 이루었다.

"이상한 일이군."

지금쯤이면 벌써 감찰총국에서 밀고 들어왔어야 정상인데 너무 조용했다.

하긴, 주변에 감찰총국의 요원들이 있었다면 객잔에 손님들이 올라오는 것을 통제했을 것이었다.

이렇게까지 손님들로 인산인해를 이루고 있다는 건 감찰총국의 요원들이 주변에 없다는 증거였다.

그렇다고 주변을 경계하는 마음은 멈추지 않았다. 사실 아까부터 어디선가 자신을 감시하는 듯한 기운이 느껴졌던 것이다. 이것 역시 공력이 강해지면서 생겨난 일종의 능력 중 하나였다. 기감이 극도로 발달하다 보니 아주 작은 시선이 와닿는 것조차 느껴졌고, 등 뒤에도 눈이 달려 있는 듯한 기분이었다.

시선이 가깝게 느껴지는 것을 보면 객잔 안에 있는 게 틀림없었다.

하지만 손님이 많아서 일일이 찾는 것도 어려울뿐더러 기무결은 시선의 주인공을 찾을 생각도 하지 않았다. 그는 고개를 돌리지 않고 음식을 먹는 데 열중했다. 굳이 적이 경계심을 갖게 할 필요가 없는 것이다.

기무결은 점소이에게 방을 부탁했다. 객잔의 뒤뜰에는 방이 몇 개 있었는데 점소이가 그중 정원이 딸린 방으로 안내했다.

'으음. 따라오는군.'

기무결이 예상했던 대로였다.

그가 점소이를 따라 객잔을 나오는 순간 어디선가 황급히 자리에서 일어나 자신을 따라오는 소리가 들려왔던 것이다.

이젠 모든 것이 확실해졌다.

역시 감찰총국에서 자신을 감시하고 있다고 확신했다.

방을 구한 건 저녁이 되어 잠을 자고 내일 아침에 길을 떠날 요량도 있었지만, 자신을 감시하고 있는 자를 유인할 목적도 있었다.

그는 월동문에 들어서기 전에 점소이를 돌려보냈다.

얼핏 봐도 별실의 모습은 제법 운치가 있었다. 정원은 아담했고, 아름다운 화단도 꾸며져 있었다. 그리고 그 안쪽으로 제법 화려하게 생긴 전각이 있었다.

기무결은 월동문 안으로 들어서기 무섭게 풍형을 펼쳐 모습을 감추었다.

그렇게 시간이 조금 흐르자 희미한 발걸음 소리가 들려오기 시작했다. 희미했던 발걸음 소리가 점점 뚜렷해지고 월동문을 넘어서는 순간이었다.

"기다리고 있었다."

기무결이 그자의 눈앞에서 모습을 드러냈다.

그리고는 멱살을 움켜잡고 벼락처럼 바닥에 패대기치려는 순간이었다.

"아악!"

그자의 입에서 갑자기 뾰족한 비명이 터져 나오는 것이 아닌가?

여자였던 것이다.

그러고 보니 경장을 입고 있긴 했지만, 삼단 같은 머릿결하며 키가 작고 가녀린 몸매를 하고 있다는 것을 깨달았다.

"아, 아니, 소저는?"

그제야 여인의 얼굴을 확인할 수 있었다.

기무결은 여인의 얼굴을 보고 깜짝 놀라 외쳤다.

여인은 다름 아닌 왕혜령이었기 때문이었다.

"소, 손을 좀……."

왕혜령이 얼굴을 붉히며 기어들어가 목소리로 말했다.

지금 두 사람의 자세가 조금 애매하긴 했다.

기무결은 감찰총국의 요원인 줄 알고 멱살을 움켜잡았던 것인데, 그게 그만 중간에서 멈춰지다 보니 자연스럽게 두 사람의 거리가 아주 가깝게 변했던 것이다. 서로의 호흡이 생생하게 느껴질 정도였다.

"아!"

기무결은 무슨 죄라도 지은 사람처럼 당황한 표정으로 손을 풀고 뒤로 몇 걸음 물러섰다.

하나 그는 이내 고개를 갸웃거렸다.

천왕세가에 있어야 할 그녀가 이곳에 나타난 것이 못내 이상했던 것이다.

"혹시 소생을 따라온 겁니까?"

"그, 그건 아니에요. 그냥 우연히 만났을 뿐이에요."

"그 말을 지금 소생보고 믿으라는 겁니까?"

누가 봐도 자신을 따라온 것이 분명했다.

한데도 아니라고 우기는 건 또 무슨 경우람.

"조금 있으면 무림맹에서 무림대회가 열리잖아요."

"그래서요?"

"천왕세가에서는 제가 대표로 참석할 생각이에요."

"그러니까 지금 무림대회에 참석하기 위해 무림맹에 가는 중이라는 겁니까?"

"그래요. 뭐가 잘못됐나요?"

"끙! 무림대회가 열리려면 아직 두 달이나 더 있어야 합니다."

그에 반해 무림맹에 가려면 아무리 길게 잡아도 십 일이면 도착할 거리였다.

"시간이 조금 빠르다는 건 나도 알아요. 하지만 이번 기회에 여기저기 명승유적을 돌아다니며 구경할 생각이거든요."

왕혜령이 기무결의 눈을 똑바로 응시했다.

그건 곧 무슨 문제가 있냐고 반문하는 것이었다.

"좋습니다. 그건 그렇다고 치고 그럼, 왕 소저가 소생이 묵으려는 별실에 있는 건 어떻게 설명할 겁니까?"

"낯선 곳에서 우연히 공자님을 만나게 되니까 반가운 마음에 인사를 드리려고 찾아온 거예요. 하지만 정말 너무하네요. 제가 꼭 무슨 죄를 지은 사람처럼 이렇게까지 심문을 하셔야 하나요?"

왕혜령의 눈빛에서는 원망의 기운이 떠올랐다. 적어도 자신을 다시 만나면 기무결이 조금이라도 좋아할 줄 알았는데, 오히려 귀찮아하는 기색이 역력했던 것이다. 그녀는 서운한 마음에 왈칵 눈물이 흘러내릴 것 같은 것을 가까스로 참았다. 기무결은 예전이나 지금이나 그녀는 안중에도 두지 않고 있었다.

사실 무림대회 운운한 건 변명에 지나지 않았다.

그녀도 이게 억지스럽다는 것은 알고 있었지만, 왠지 이대로 기무결과 헤어지면 안 될 것 같은 생각이 들었다.

왕혜령은 자존심을 모두 버려가면서 기무결을 따라나섰다. 중간에서 기무결을 만나는 건 그리 어려운 것이 아니었다. 기무결이 어디로 향할지 알고 있었고 어렵지 않게 따라잡을 수 있었다.

원래는 우연을 가장해서 기무결과 만나려고 했었는데, 그만 처음부터 계획이 어긋나고 말았다.

하지만 그러면 뭐 어떠랴.

기왕지사 이렇게 된 이상 그녀는 얼굴에 철판을 깔았다.

"그나저나 공자님은 어디로 가시는 중이죠?"

"그야 소생은 당연히 무림맹으로……."

"어머, 이런 우연이 있나. 공교롭게도 저와 가는 방향이 같네요."

왕혜령은 호들갑을 떨며 좋아했다.

마치 오늘 처음 알았다는 표정으로 박수까지 치는 것이었다.

기무결은 그만 할 말을 잃고 말았다.

'왕 소저에게 원래 이렇게 뻔뻔한 구석이 있었나?'

五

두 개의 인영이 어둠을 뚫고 마을 안으로 들어섰다.

일남일녀였다.

그들은 누군가에게 쫓기고 있는지 거친 숨을 연신 내쉬면서도 결코 달리던 걸음을 멈추지 않았다. 여인의 몸은 금방이라도 쓰러질 듯 위태롭기 짝이 없었다. 두 발도 천근만근이었다. 그때, 갑자기 여인이 돌부리에 걸려 바닥에 넘어지고 말았다.

"아학!"

"공주님, 괜찮으십니까?"

"나, 나는 괜찮아요."

그들은 바로 영평공주와 한수관이었다.

감찰총국의 포위망을 뚫고 용선사를 도망친 것은 기적에 가까웠다.

원래 한수관은 혹시 모를 사태에 대비하기 위해 인근 지역에 자신의 금군 수하를 이십여 명이나 매복시켜 두었었다. 거기에 영평공주의 호위무사도 몇 명 있었다. 마지막 순간에 그들이 일제히 몸을 던져 희생해 준 덕분에 가까스로 영평공주와 함께 탈출할 수 있었던 것이다.

하지만 그 결과는 참혹했다.

전멸이었다. 누구도 살아남은 사람이 없었다. 이십여 명의 수하와 영평공주의 호위무사들의 무공은 결코 만만한 것이 아니었다.

하나 그들은 감찰총국 요원들 손에 얼마 버티지 못하고 무참히 무너지고 말았다.

한수관의 사정도 그리 좋지 않았다.

그는 지금 극심한 내상과 검상을 입어 쓰러지기 일보 직전이었다. 쩍 벌어진 가슴팍에서는 검붉은 피가 쉴 새 없이 흘러내리고 있었다.

더는 움직일 수조차 없었다.

군건했던 정신까지 하염없이 무너져 내리고 있었다.

마음 같아서는 이대로 쓰러져 자고 싶었다.

하나 여기서 쓰러지면 영평공주를 지켜줄 사람이 없었다.

그는 이를 악물었다. 영평공주가 감찰총국의 손에 들어가면 그다음엔 어떤 일이 벌어질지 불을 보듯 뻔했다. 또한 이십여 명의 수하가 기꺼이 희생을 감수하면서까지 구한 영평공주의 목숨을 이렇게 쉽게 감찰총국의 손에 내줄 수는 없었다.

'사도옥, 이 악귀 같은 놈.'

한수관은 고통 속에서는 사도옥을 떠올리며 이를 갈아붙였다.

사도옥이 황궁제일고수라고 하더니 이건 소문보다 더했다.

한수관은 능히 절정의 공력을 자부하고 있었고, 무림에 나간다 해도 누구도 두려워하지 않았다.

하지만 그런 그가 사도옥의 손에서 채 십 초도 버텨내지 못했다. 가슴팍의 검상도 사도옥의 손에 입었던 것이다. 아마 마지막 순간에 금군의 무사 한 명이 몸을 던져 대신 막아주지 않았다면 온몸이 사도옥의 손에 두 동강 난 채 죽었을 것이었다.

바로 그때였다.

저 멀리서 다급하게 쫓아오는 사람들의 발걸음 소리가 들려왔다.

한수관의 눈에 절망의 빛이 떠올랐다.

수하들의 희생으로 감찰총국의 요원들을 적어도 이각에서 반 시진 정도의 거리까지 떨쳐 놓았다고 생각했었는데, 그게 아닌 모양이었다.

이렇게까지 빨리 쫓아올 줄이야.

이대로라면 일각도 채 버티지 못하고 놈들 손에 잡힐 게 뻔했다.

'어쩌면 이것도 사도옥의 능력일 것이다.'

한수관은 특단의 대책을 내려야 했다.

그때, 문득 그의 눈에 저 앞에 객잔으로 보이는 건물이 들어왔다.

그는 잠시 갈등을 했지만, 지금은 그 어떤 선택의 여지도 없었다.

"공주님, 잠시 소관의 실례를 용서해 주십시오."

그는 영평공주의 허락을 구하지도 않고 무작정 그녀를 안았다.

영평공주가 화들짝 놀라 두 눈을 크게 치뜨는 순간 어느새 한수관이 그녀를 담장 안으로 던져 버렸다.

"공주님, 놈들은 소관이 유인할 테니 부디 옥체 만강하옵소서."

"아!"

영평공주는 땅에 떨어질 때의 충격에 숨이 멎는 듯한 통증을 느꼈지만, 이내 한수관의 말에 두 눈에서 눈물이 주르륵 흘러내렸다.

그녀를 지키기 위해 수많은 사람이 목숨을 내던졌지만, 그녀는 아무것도 해줄 수 있는 게 없었다.

자신을 대신해 죽어간 사람들에게 미안한 한편, 모든 것이 막막하기만 했다.

이제는 그녀 혼자서 사도옥과 감찰총국을 상대해야 하는 것이다.

그녀는 이 넓은 세상 천지에 홀로 내버려진 기분이었다.

감찰총국에서 눈에 불을 켜고 있는 상황에서 그녀 혼자 맞설 수 있는 상대도 아니었다.

하지만 무슨 수를 써서든 할 수밖에 없었다. 감찰총국의 손에서 주원장과 영락제의 출신내력이 적힌 족보 책자를 지키는 것만이 그들의 희생을 값지게 만드는 길이었다.

그녀가 힘겹게 자리에서 일어나 전각으로 걸어갔다. 잠시 중심을 잃고 몸이 비틀거렸다.

이곳이 어디인지는 몰라도 아담한 정원이 있고, 화단도 예쁘게 꾸며져 있는 것을 보면 별실 같아 보였다.

'객잔인가?'

가끔 외가에 갈 때마다 객잔을 이용하곤 했는데, 보통 객잔의 모습이 이랬던 것 같았다.

다행히 전각 안에는 아무도 없었다.

그래도 그녀는 혹시 몰라 침상 밑에 몸을 숨겼다.

한수관의 말에 따르면 감찰총국은 그녀를 잡기 위해 수단 방법 가리지 않는다고 했으니 아무도 없는 객잔의 별실이라고 해서 안심할 수 있는 상황이 아니었다.

끼익!

그때, 문이 열리고 누군가 안으로 들어섰다.

영평공주는 두려운 나머지 금방이라도 심장이 터져 나갈 것 같았지만, 다행히 감찰총국의 요원들은 아니었다.

"그러니까 이렇게 만난 것도 인연이니 무림대회가 열릴 때까지 함께 명승유적을 구경하러 다니자는 말입니까?"

영평공주의 귀에 남자의 목소리가 들려왔다.

그와 동시에 누군가 침상에 걸터앉았는지 침상이 출렁거리며 하마터면 영평공주가 비명을 지를 뻔했다.

第十一章 제왕심결

一

"그러니까 이렇게 만난 것도 인연이니 무림대회가 열릴 때까지 함께 명승유적을 구경하러 다니자는 말입니까?"

기무결은 당연히 거절할 생각이었다.

그는 한가하게 여인들과 노닥거리며 즐기고 싶은 마음이 없었다.

하지만 왕혜령은 쉽게 말을 꺼낸 게 아니었다.

아무리 무림의 여인들이 자유분방하다 해도 이렇게까지 마음을 내보이며 먼저 사랑을 고백하지는 않는다.

더구나 그녀는 강북제일미녀로 수많은 남자의 추앙을 받아오던 여인이 아니던가?

당연히 먼저 사랑을 고백하는 건 쉬운 일이 아니었다.

그녀는 모든 자존심을 꺾었고, 심지어 구차하게 매달리는 기분까지 들었다.

한데 시큰둥한 반응이라니. 그녀는 무슨 남자가 이렇게 여자에게 관심이 없을 수 있는지 어이가 없었다. 기무결의 반응을 볼 때마다 그녀는 자신이 정말 그렇게 매력이 없나 자괴감이 들 정도였다.

하나 이쯤에서 포기할 그녀가 아니었다. 이렇게까지 자존심을 꺾은 이상 오기가 들어서라도 중도에 포기할 마음이 없었다.

그녀는 더욱 뻔뻔하게 나갔다.

"우리 그 문제는 내일 다시 얘기해요. 그나저나 침상이 하나밖에 없네요."

"끙! 방을 못 구한 겁니까?"

"방을 구했을 리 없잖아요. 원래 이곳에서 머물 생각이 아니었어요. 갑자기 공자님을 만나는 바람에 계획이 틀어진 거죠."

"끙! 좋습니다. 소생이 바닥에서 잘 테니까 왕 소저가 침상을 쓰십시오."

그 정도는 충분히 양보해 줄 수 있었다. 모르는 사이도 아니고 이 시간에 남녀가 유별하다는 이유로 내쫓는 게 오히려 더 이상하게 보인다.

하지만 명승유적을 함께 구경하러 다니는 건 몇 번을 말해도 그의 대답은 하나였다.

"그래도 괜찮겠어요? 괜히 저 때문에 공자님만 불편하게 되었네요."

왕혜령이 침상에 걸터앉으며 말했다.

속으로 한숨을 내쉬었다.

일단 한 고비는 넘어간 기분이었다.

그녀는 기무결이 남녀가 유별하다느니 어쩌니 하면서 자신을 쫓아낼 줄 알았던 것이다.

모든 게 그녀가 의도한 대로 흘러가서 다행이었다. 남녀가 같은 공간에서 잠을 자고 나면 좀 더 유대감이 생길 것 같았다.

하나 심장은 금방이라도 터질 것처럼 두근두근 뛰고 있었다.

그녀가 아무리 대담하고 뻔뻔스럽게 행동을 해도 그녀 역시 곱게 자란 처녀였다. 기무결과 같은 공간에서 자야 한다는 생각에 벌써부터 얼굴이 화끈거렸다.

二

한편, 영평공주는 두 손으로 입을 막아 소리가 새어 나가는 건 막을 수 있었지만, 침대가 살며시 주저앉아 그녀의 몸을 짓누르고 있었다.

영평공주는 잔뜩 긴장했다. 감찰총국의 눈을 피해 숨어 들어온 곳이 하필이면 남녀가 묵고 있는 곳이었다. 그래도 다행스러운 건 침상 위에서 남녀가 벌거벗고 이상야릇한 행위는 하지 않을 것 같았다.

'어떡하지?'

지금 도망쳐 나가기에는 너무 늦었고, 그렇다고 계속 숨어 있자니 언제 들킬지 몰라 불안했다.

더구나 지금 남녀의 상황이 완전히 뒤바뀌어서 여자가 대담하게 남자에게 들이대고 있는 형국이었다.

이런 경우는 들어본 적이 없어서 영평공주는 쫓기는 와중에도 기이한 생각이 들었다.

'여인이 엄청 못생긴 걸까?'

하긴 몇 마디 대화만 들어도 여인이 죽자 사자 남자를 쫓아다니고 있는 것 같았다. 그에 반해 남자는 시종일관 시큰둥한 반응인 것을 보면 여인이 엄청 못생긴 추녀라는 생각밖에 들지 않았다.

하지만 지금 그게 중요한 것이 아니었다.

이런 기세라면 여인이 남자에게 침상에 올라와 같이 자자고 해도 전혀 이상할 것이 없었다. 아니, 왠지 그럴 것 같았다.

생각만 해도 민망한 일이었다.

지금도 이렇거늘 만약 침대에 두 사람이 누우면 지금보다 더 밑으로 주저앉을 터.

그리되면 그녀가 숨어 있는 것이 발각될 수도 있었다.

그때, 여인이 갑자기 부끄러운 듯한 목소리로 말하는 것이 영평공주의 귀에 들려왔다.

"고, 공자님! 지… 금 좀 씻고 싶은데… 목욕을 해도 괘, 괜찮을까요?"

"예에? 모, 목욕을 하겠다고요?"

"어, 어제부터 씻지를 못했거든요."

"끙!"

어지간한 남자들도 피가 거꾸로 솟구칠 만한 소리였다.

목욕을 하려면 옷을 벗어야 하고 욕조에 들어가 씻어야 하니 남자들이라면 머릿속에 온갖 상상이 떠오를 만한 상황이었다.

기무결은 쓴웃음을 지었다.

왕혜령이 아예 자신의 피를 말려 죽이려고 작정한 것 같았다. 문득 귀여운 생각이 들었지만, 기무결은 흔들리지 않았다.

"소생은 이곳에서 꼼짝도 안 할 테니까 마음 편히 목욕 하세요."

욕실은 바로 옆에 딸려 있었다.

마음만 먹으면 얼마든지 훔쳐볼 수 있는 것이다.

"그, 그럼 빨리 씻고 올게요."

"천천히 씻고 오셔도 됩니다."

어느새 왕혜령이 욕실 안으로 사라졌다.

기무결은 길게 숨을 내쉬었다.

왠지 한바탕 전쟁을 치른 것처럼 온몸이 나른해졌다.

하지만 그것도 잠시.

그는 침상을 향해 나직한 목소리로 말했다.

"숨어 있는 거 알고 있으니까 이제 그만 나오실까?"

'서, 설마.'

영평공주는 꼼짝도 하지 않았다.

뭔가 잘못된 것이 틀림없었다.

그녀는 아무런 기척도 내지 않았는데, 자신이 숨어 있는 것을 알아 차렸을 리 없다고 확신했다.

"흥! 끝까지 숨어 있으시겠다?"

기무결이 가볍게 코웃음 쳤다.

사실 그는 처음 전각에 들어서는 순간부터 영평공주가 숨어 있는 것을 알고 있었다.

영평공주가 아무리 기척을 숨긴다고 해도 그녀는 무공을 배운 적 없는 구중심처의 여인이었다. 그에 반해 기무결은 기감이 극도로 발달해 영평공주가 어디에 숨어 있고, 그녀가 어떤 심리에 있는지도 느낄 수 있었다. 심지어 그녀가 여인이라는 것과 무공을 익히지 않은 것. 그리고 나이가 그리 많지 않다는 것까지 알고 있었다.

"그렇다면 내 손으로 직접 끌고 나오는 수밖에."

기무결이 침상 밑으로 가볍게 소매를 떨쳤다.

순간 영평공주의 신형이 자석에 이끌리듯 주르륵 빨려나가는 것이 아닌가?

"앗!"

그녀가 비명을 토했을 때는 이미 그녀의 신형이 기무결의 손에 들어가고 난 다음이었다.

三

얼굴에는 그 사람의 살아온 인생이 담겨 있다.

그 말은 얼굴만 보아도 그 사람의 신분을 대략적으로 알 수 있다는 뜻이었다.

그런 의미에서 영평공주의 얼굴에는 고귀한 기운이 고스란히 담겨 있었고, 지저분한 행색임에도 그녀가 결코 평범한 신분이 아니라는 것을 느낄 수 있었다.

기무결이 살며시 눈살을 찌푸리며 붙잡고 있던 영평공주의 팔을 놓아 주었다.

"소저는 누구시오?"

"나, 나는……."

영평공주가 당황한 나머지 어찌할 바를 모르고 있을 때

였다.

갑자기 별채 밖에서 요란한 사람들 발걸음 소리가 들리는 듯싶더니 일단의 사람이 안으로 들어서는 것이 아닌가?

영평공주의 안색이 창백하게 변했다.

그들은 바로 감찰총국의 요원들이었다.

"이곳에 방이 모두 몇 개나 있느냐?"

"일곱 개입니다요, 대인."

"따로 비밀 통로 같은 건 없겠지?"

"아이쿠, 그런 게 있을 리가 있겠습니까요?"

"혹시라도 나중에 발견이 되면 네놈은 물론이고 이 객잔도 무사하지 못할 것이다."

"정말입니다요, 대인! 믿어주십시오."

"좋다. 일단 네놈 말을 믿어보기로 하지. 모두 흩어져서 그 계집을 찾는다. 멀리 가진 못했을 것이다. 분명 어딘가에 숨어 있을 것이다."

"존명!"

명령이 떨어지자 감찰총국의 요원들이 삼삼오오 짝을 이루고 사방으로 흩어졌다.

그들이 방 안에 들어서기 무섭게 여기저기서 사람들의 비명이 터져 나왔다.

어떤 방에서는 막 남녀들이 옷을 벗고 침상 위에서 사랑을 나누고 있던 중에 감찰총국의 요원들이 들이닥친 모양이었다. 여인의 뾰족한 비명과 함께 감찰총국 요원들이 헛바람을 토해내는 소리가 들려왔다.

감찰총국의 요원들은 기무결의 방에도 들이닥쳤다.

영평공주는 눈앞이 캄캄해졌다. 한수관이 희생해서 자신을 살려준 보람도 없이 이대로 감찰총국의 손에 붙잡힐 것 같았다.

그녀는 이를 악물었다.

여기까지 와서 붙잡힐 수는 없었다.

그러기에는 너무 허무했고, 죽어서 한수관을 비롯해서 그녀를 위해 기꺼이 희생을 자처한 사람들의 얼굴을 볼 면목도 없었다.

그녀가 결연한 표정으로 기무결을 쳐다보며 말했다.

"입 맞춰주세요."

"뭐, 뭐라구요?"

"제발 저에게 입을 맞춰달라구요."

영평공주가 절박한 표정으로 애원했다.

하지만 기무결이 황당한 표정으로 그녀를 쳐다보고 있자 영평공주는 과감하게 상의를 벗었다. 새하얀 어깨가 드러났다.

쾅!

감찰총국의 요원들이 침실의 문을 박차고 안으로 들어섰다.

바로 그 순간 영평공주가 기무결의 품속으로 뛰어들고 입술을 내밀었다. 원래는 입술을 맞추려고 까치발까지 들었지만, 그러기에는 기무결의 키가 너무 컸다.

시간이 절묘했다. 감찰총국의 요원들이 침실 안으로 들이닥친 것과 영평공주가 기무결의 품속에 뛰어든 것이 거의 동시에 벌어진 일이었다.

'감찰총국의 요원들이군.'

그들은 변복을 하고 있었지만, 기무결은 한눈에 그들의 정체를 알아보고 일단 영평공주의 장단에 맞춰주었다.

그는 입술을 내밀고 영평공주의 입술에 입을 맞추었다.

그리고 두 팔에 힘을 주어 그녀를 꽉 끌어안았다.

그야말로 순식간에 벌어진 일이라 눈치가 빠른 감찰총국의 요원들은 전혀 어색한 기운을 감지하지 못했다.

"앗! 누, 누구요?"

기무결은 깜짝 놀란 표정을 지으며 더욱 영평공주를 끌어안았다. 그것으로도 부족해서 침상에서 이불을 끌어다 영평공주의 몸을 가려주었다. 벌거벗은 여인의 몸을 외간 남자들에게 보여주지 않으려는 지극히 자연스러운 행동이었다.

그의 연기가 그럴듯했던 것일까?

감찰총국의 요원들은 영평공주의 얼굴을 확인하려 들지 않았다.

하긴, 영평공주가 누구인데 이런 곳에서 옷을 벌거벗고 외간남자와 입을 맞추겠는가?

그들은 침실 안을 빠르게 훑어보았다. 문득 욕실에서 물소리가 들리는 것을 보고 눈빛을 반짝였다.

“저 안에 있는 건 누구인가?”

“소생의 부인입니다.”

“부인? 그럼, 지금 품에 안고 있는 여인은?”

“소생의 첩이올시다.”

“호오, 그래?”

영평공주가 졸지에 첩으로 전락하고 왕혜령이 부인이 되는 순간이었다.

감찰총국의 요원들은 솔직히 믿기 어려웠다.

이런 곳에 부인과 첩을 대동하며 다니는 게 상식적으로 말이 되지 않았다.

어쩌면 영평공주가 목욕을 하는 척하면서 숨어 있을지도 몰랐다.

그들이 막 의심의 표정을 지을 때였다.

“공자님, 밖에 무슨 일 있나요? 왜 이렇게 소란스럽죠?”

욕실의 문이 열리고 왕혜령이 온몸을 수건으로 가린 모습으로 나왔다가 감찰총국의 요원들을 보고 비명을 질렀다.

“아악! 다, 당신들 뭐야?”

당황하긴 감찰총국 요원들도 마찬가지였다.

영평공주가 숨어 있을 줄 알았는데, 전혀 다른 여인이 나타난 것이다. 그들은 왕혜령의 미모에 잠시 넋을 잃었다가 이내 겸연쩍은 표정을 지었다.

'이런 곳에 부인과 첩을 대동하고 다니는 사람이 있을 줄이야.'

하긴, 천하는 넓고 온갖 별종이 다 있다. 색다른 기분을 내려고 객잔에서 부인과 첩을 데려와 그짓을 하는 사람이 없으리란 법도 없는 것이다.

그들은 즉시 사과를 하고 침실에서 물러났다.

별실을 조사하던 것은 모두 끝난 모양이었다. 그들은 이곳에서 영평공주를 찾지 못하자 다른 곳으로 떠나갔다.

四

감찰총국의 요원들이 사과를 하고 침실에서 물러나자 영평공주는 참았던 숨을 길게 내쉬었다. 얼마나 긴장하고 있었던지 이마에 온통 식은땀으로 가득했다.

하지만 그것도 잠시.

그녀는 자신의 상태를 깨닫고 황급히 기무결의 품에서 벗어났다.

아까는 오직 살기 위해 다른 생각을 할 수 없었지만, 뒤늦게 자신이 무슨 짓을 했는지 깨달은 것이다.

평소였다면 절대 상상조차 할 수 없는 일이었다. 어디서 그런 용기가 생겨났을까? 그녀는 생면부지의 남자 앞에서 옷을 벗고 품속에 뛰어들었고, 입도 맞추었다. 그로 인해 감찰총국 요원들의 눈을 속일 수 있었지만, 문득 자괴감이 들었다.

이것이 현실이었다. 대명제국의 공주가 살기 위해 부끄러움과 수치심을 참아가며 무슨 일이든 해야 하는 현실이 암담하기 그지없었다.

주르륵!

그녀의 눈에서 눈물이 흘러내렸다.

아무리 참으려 해도 속에서 북받쳐 오르는 감정을 참을 수 없었다.

"미, 미안해요."

영평공주가 바닥에 떨어진 옷을 들고 욕실로 달려갔다.

어색하긴 기무결 역시 마찬가지였다. 그는 연신 헛기침을 하며 어색한 기분을 애써 털어내려 했지만, 그나마 영평공주의 몸을 이불로 가려준 덕분에 더 민망해지는 상황은 모면할 수 있었다.

왕혜령은 지금 상황을 단단히 오해했다.

그녀는 마치 바람을 피우는 남편의 불륜 현장을 급습한 부인이라도 된 심정이었다.

상황이 충분히 오해할 만했다. 그녀가 욕실에서 씻고 있는 동안 기무결이 다른 여인을 불러들여 사랑을 나누려다 딱 걸린 듯한 상황이었다.

누구나 무시당했다고 생각이 들 만한 상황이었다.

그녀는 노골적으로 기무결에게 사랑 고백을 했는데도 번번이 거절을 당했는데, 다른 여인을 침실까지 끌어들였으니 이건 대놓고 그녀를 무시하는 행위처럼 비쳐진 것이다.

그래서였다.

기무결은 자신이 왜 왕혜령에게 변명을 해야 하는지 몰랐지만, 그냥 넘어가기에는 왕혜령의 표정이 너무 안 좋았다. 그녀 입장에서는 충분히 무시를 당했다고 생각했을 것이었다. 더구나 가만히 있으면 완전 색마로 몰릴 판이었다.

"그러니까 우리가 들어오기 전부터 침상 밑에 숨어 있었다는 건가요?"

"그렇습니다. 감찰총국에 쫓기고 있었던 것 같더군요."

"아! 그럼 아까 그자들이 감찰총국의 요원이군요?"

기무결이 고개를 끄덕이며 살며시 눈살을 찌푸렸다.

거리에서 보았던 감찰총국의 요원들이 자신을 쫓던 것이 아니라 여인을 쫓고 있었다는 것을 깨달았던 것이다.

상당히 의외의 일이었다.

영평공주의 몸에 아무런 공력이 없다는 것은 이미 기감을 통해 확인한 상태였다.

감찰총국이 무림인도 아닌 평범한 여인을 전력을 다해 쫓고 있다는 것은 그만큼 여인의 신분이 중요하다는 뜻일 터였다.

五

영평공주는 욕실에서 옷을 갈아입다 침실에서 기무결과 왕혜령이 나누는 대화를 듣고 있었다.

자신 때문에 왕혜령이 오해를 한 것 같아서 왠지 미안한 생각이 들었다.

그녀는 처음엔 왕혜령이 못생긴 여자라고 생각하고 있었는데, 잠깐 스치듯 보았을 때 그녀의 미모에 깜짝 놀랐다. 마치 선녀가 하강한 것처럼 너무나 아름다웠기 때문이었다. 남자의 얼굴도 준수하긴 했지만, 그렇다고 왕혜령이 막무가내로 매달릴 정도로 대단해 보이지는 않았다.

'무슨 약점이라도 잡힌 걸까?'

이런 상황에서 할 생각은 아닌 걸 알면서도 호기심이 이는 건 어쩔 수 없었다. 그만큼 기무결과 왕혜령의 관계는 남녀 사이가 뒤바뀌어 있었다.

하지만 잠시 뒤 그녀는 찬물을 뒤집어쓴 듯 충격에 빠졌다.

기무결이 어떻게 알았는지 그녀가 감찰총국에 쫓기고 있는 것을 알고 있었던 것이다.

그녀는 지금 누구도 믿을 수 없었다. 당연히 기무결의 정체가 의심스러웠다. 그녀는 기무결이 어떤 사람인지 알지 못하는데다 지금은 그녀를 도와주었지만 언제 마음이 바뀌어 감찰총국에 자신을 밀고할지 모를 일이었다.

그녀는 은밀하게 욕실에 난 창문으로 도망치려 했다.

바로 그때, 기무결의 목소리가 들려왔다.

"창문으로 도망치는 것은 말리지 않겠지만, 나 같으면 지금 밖으로 나가지는 않을 것이오. 아직 감찰총국의 요원들이 떠난 것은 아니요."

흠칫!

영평공주의 몸이 딱딱하게 굳었다.

욕실의 문은 여전히 굳게 닫혀 있었는데, 어떻게 자신이 도망치려는 것을 알았는지 귀신이 곡할 노릇이었다.

하지만 밖에 감찰총국의 요원들이 떠나지 않았다는 말은 믿을 수 없었다.

아까 그들이 말하길 분명 다른 곳을 찾으러 간다고 하지 않았던가?

어쩌면 자신을 이곳에 붙잡아두고 그사이에 감찰총국의 요원들을 찾아가 밀고할 수도 있는 것이다.

기무결이 그녀의 마음을 읽기라도 한 듯 피식 웃으며 말을 이었다.

"나는 소저가 밖으로 나가든 말든 상관하지 않소. 다만, 소저를 대신해서 적들을 유인한 자가 사도옥의 손에 죽은 모양이오.”

“아!”

영평공주는 하늘이 무너져 내리는 듯한 충격에 빠졌다.

그녀의 양 볼을 타고 눈물이 흘러내렸다.

하지만 이내 기무결이 어떻게 그런 사실을 알고 말하는 것인지 귀신이 곡할 노릇이었다.

마치 직접 눈으로 직접 본 것처럼 밖의 동정을 소상하게 알고 있지 않은가?

그녀는 어디서부터 어디까지 기무결의 말을 믿어야 할지 몰랐다.

그녀의 귀에는 아무런 소리도 들리지 않았다.

방금 나간 감찰총국 요원들의 기척도 느껴지지 않았다.

영평공주가 욕실 문을 열고 밖으로 나왔다.

“한 장군이에요. 한데 그가 죽은 걸 어떻게 알죠? 눈으로 직접 본 적도 없잖아요.”

“믿든 안 믿든 그건 소저의 마음이오. 아니, 영평공주님이라고 불러야 하나요?”

“그, 그걸 어떻게……?”

“그들이 하는 말을 들은 겁니다. 지금도 그들이 공주님에 대해 말을 하고 있군요.”

엄밀하게 말하면 사도옥이 물건 운운하며 영평공주를 찾는 중이었다.

기무결은 지금 사도옥과 그의 수하들의 대화를 하나도 빠짐없이 엿듣고 있었다.

엄밀하게 말하면 엿듣는 것은 아니었다. 이목을 조금만 열었을 뿐인데 수백 장 떨어진 곳에 있는 소리들이 마치 옆에서 대화하는 것처럼 자세히 들렸다.

사도옥은 영평공주의 행방을 알아내지 못해 한수관의 시신에 분풀이를 하고 있는 중이었다.

원래는 한수관의 입을 열어 물건을 찾으려고 했었는데, 사도옥은 끝내 아무것도 들을 수 없었다. 한수관이 얼마나 지독한지 손가락부터 발가락까지 하나하나 자르며 고문을 했지만, 비명 한 번 지르지 않았던 것이다.

'영평공주라?

기무결은 눈앞의 여인이 대명제국의 공주라는 사실에 또 한 번 놀랐다.

처음부터 범상치 않은 모습에 결코 평범한 여인은 아닐 거란 생각은 했었지만, 그래도 설마 대명제국의 공주일 줄은 예상하지 못한 것이다.

더구나 영평공주를 쫓고 있는 자들은 감찰총국이 아닌가?

기무결은 그 물건이 도대체 무엇이기에 대명제국의 공주가 감찰총국에게 쫓길 수 있는지 의문이었다.

처음에는 자신이 잘못 들은 줄 알았다.

당금 황실은 외척의 횡포가 극에 달해 천하의 민심을 잃은 상태였다. 황제에게는 아무런 권력도 없어서 자기 힘으로 할 수 있는 일이 하나도 없었다. 아무리 그래도 감찰총국이 대명제국의 공주를 죽이려 한다는 건 명백하게 반역인 것이다.

하지만 몇 번이나 귀를 기울여 사도옥과 감찰총국 요원들의 대화를 들어보았지만, 그때마다 공주를 잡고 물건을 찾아야 한다는 소리가 튀어나왔다.

'그렇군. 영평공주가 방금 눈물을 흘린 건 단순히 부끄러움이나 수치심 때문이 아니었어.'

영평공주가 문득 고개를 갸웃거렸다.

"그들의 대화가 지금 들린단 말인가요? 이상한 일이군요. 왜 제 귀에는 아무것도 들리지 않는 거죠?"

"그야 그들이 수백 장 밖에 있으니까요."

"뭐, 뭐라구요?"

영평공주가 멍하니 기무결을 쳐다보았다.

아무리 황실에서 곱게 자란 영평공주라도 수백 장 밖에서 사람들의 대화를 듣는 것이 얼마나 터무니없는 일인지는 잘 알고 있었다.

심지어 왕혜령 역시 비명에 가까운 소리를 질렀다.

그녀는 천왕세가에서 보여준 기무결의 압도적인 무위가 아니었다면 허풍으로 치부했을 것이었다.

수백 장?

말도 안 되는 소리였다.

백 장 정도 떨어진 곳의 소리를 들을 수만 있어도 사람들은 천하제일의 고수라 인정하기 때문이었다.

그때 기무결이 살짝 눈을 찌푸렸다.

그 모습에 왕혜령이 의아한 표정으로 물었다.

"공자님, 갑자기 무슨 일이에요?"

"사도옥은 정말 심기가 깊은 자로군요. 공주님을 찾지 못하자 왔던 곳을 되짚어 처음부터 다시 수색할 모양입니다."

"그럼, 여기도 이제 안심할 수 없겠네요."

"지금 삼백 장 밖에 있어서 시간이 별로 없군요. 그나마 사도옥은 다른 쪽으로 조사하러 갔습니다."

"사, 삼백 장! 그게 다 들린단 말이에요?"

"후후! 소생이 남들보다 이목이 조금 예민한 편입니다."

기무결은 영평공주를 쳐다보며 어찌해야 할지 고민하기 시작했다.

무림과 황실은 서로의 구역을 침범하지 않는 것이 불문율이었다. 이번 일이 반역이든 아니든 기무결은 황실과 관련된 일에 어지간하면 끼어들고 싶지 않았다. 물론 감찰총국이 자신의 정체를 알고 있다는 것도 하나의 이유였다.

문득 매천강이 신궁천품 말미에 적어놓은 경고가 떠올랐다.

—제왕심결을 만난다면 절대 부딪치지 마라. 가급적 황궁이 있는 곳도 멀리하기를 권한다.

이미 인간의 경지를 넘어 신의 경지에 오른 매천강이 평생 두려워했던 것이 황실의 무공인 제왕심결이었다.

삼전삼패.

평생을 고심하며 제왕심결의 파훼법을 연구했지만, 끝내 실패했고 결국엔 신궁천품에 경고하는 것이 그가 할 수 있는 최선의 방법이었다.

이걸 읽을 때만 해도 기무결은 황실과 엮일 일이 전혀 없었다.

물론 근처에 갈 일도 없었다. 그는 신분을 위조해서 평생을 음지에서 숨어 살아야 하는 문서위조범이었다. 그런 그가 황실과 엮여서 좋을 게 하나도 없었다.

하지만 지금은 왠지 고금오대정종무공과 고금오대마공 사이에 끊을 수 없는 운명적인 그 무엇이 느껴졌다. 이미 네 개의 고금무공을 손에 넣었고, 또 다른 한 개의 단서도 황궁에 있다는 것을 알게 된 것이다.

물론 황궁에 간다고 해서 제왕심결을 찾으리란 보장이 없었다.

오히려 다른 사람의 손에 들어갔을 가능성이 더 컸다.

그렇다면 과연 어떻게 되는 것일까?

사대고금무공 대 제왕심결의 승부였다.

아무리 제왕심결의 무공이 다른 아홉 개의 고금무공을 압도한다 해도 설마 네 개의 고금무공을 익힌 기무결이 질 거라는 생각은 하지 않았다. 물론 겪어보지 않은 일이기에 제왕심결을 이길 수 있다는 확신도 들지 않았다.

"단순히 보는 것만으로도 상대의 장점과 단점을 파악할 수 있다는 것이라?"

확실히 제왕심결은 무서운 무공이었다. 어떻게 움직일지를 미리 파악하고 대비할 수 있다면 네 개의 고금무공을 익힌 기무결이라 해도 쉽게 승부를 예측할 수 없었다.

그래서 더 제왕심결에 대한 호기심이 일었다.

매천강은 절대 황실이 있는 곳에도 가지 말라고 경고했지만, 네 개의 고금무공을 익히고도 제왕심결 하나 때문에 전전긍긍하는 모습이 여간 자존심 상하는 일이 아닐 수 없었다.

물론 황실에서 제왕심결을 손에 넣는다면 그야말로 금상첨화일 것이었다.

하나 굳이 자신의 과거가 드러날 수도 있는 모험을 해가면서까지 황실에 갈 필요가 있을까 싶었다. 막말로 황실 근처에도 가지 않으면 설령 누군가 제왕심결을 익혔다고 해도 평생 부딪칠 일이 없으니 말이다.

그러는 사이에 벌써 감찰총국의 요원들이 삼십 장 안으로 들어섰다.

기무결은 기감을 끌어 올려 별실에 들어서는 자가 몇 명인지를 확인했다.

'모두 열여덟 명이군.'

멀리서 느끼기에도 그들 개개인의 공력이 상당한 수준이었다.

아까는 요행히 성공했는지 몰라도 이번에는 무사히 넘어가긴 어려울 것이었다.

방법이 있다면 그들을 제거하는 것뿐이었다.

그야말로 쥐도 새도 모르게 제거해야 하지만 일류고수들을 비명조차 지르지 못하고 제거하는 건 극히 어려운 일이었다.

기무결은 새로 익힌 신궁천품을 사용할 생각이었다.

기존의 무공들은 이미 신창양가장에서 삼대세가를 상대로 싸울 때, 그리고 구룡겁화를 해결할 때 많이 노출된 상태였다. 아마 시신들의 상처에서 자신의 무공의 흔적들이 발견될 수도 있었다.

그에 반해 신궁천품은 한 번도 펼친 적이 없었고, 오랫동안 무림에서 실전되었던 것이라 신분을 위장하기에는 딱이었다.

그그긍!

그의 손에서 주변에 퍼져 있던 강기들이 모이더니 활과 화살이 만들어지는 것이 아닌가?

왕혜령의 눈이 크게 치떠졌고, 영평공주의 얼굴은 경악으로 물들었다.

『왕후장상』 6권에 계속…